**#16**

# LOS CUENTOS NEGROS DE OfeliA III

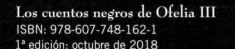

Los cuentos negros de Ofelia III
ISBN: 978-607-748-162-1
1ª edición: octubre de 2018

© 2018 *by* Jorge A. Estrada
© 2018 de las ilustraciones *by* Mónica Loya
© 2018 *by* Ediciones Urano, S.A.U.
Aribau, 142 pral. 08036 Barcelona

Ediciones Urano México, S.A. de C.V.
Av. Insurgentes Sur 1722, piso 3, Col. Florida,
Ciudad de México, C.P. 01030, México.
www.uranitolibros.com
uranitomexico@edicionesurano.com

Edición: Valeria Le Duc
Diseño Gráfico: Joel Dehesa Guraieb

Impreso en Litográfica Ingramex S.A. de C.V.
Centeno 162-1, Col. Granjas Esmeralda,
C.P. 09810, Ciudad de México.

Impreso en México – *Printed in Mexico*

# Los Cuentos Negros de Ofelia III

## Jorge A. Estrada

### Ilustraciones de Mónica Loya

S

X

**URANITO EDITORES**
ARGENTINA - CHILE - COLOMBIA - ESPAÑA
ESTADOS UNIDOS - MÉXICO - PERÚ - URUGUAY - VENEZUELA

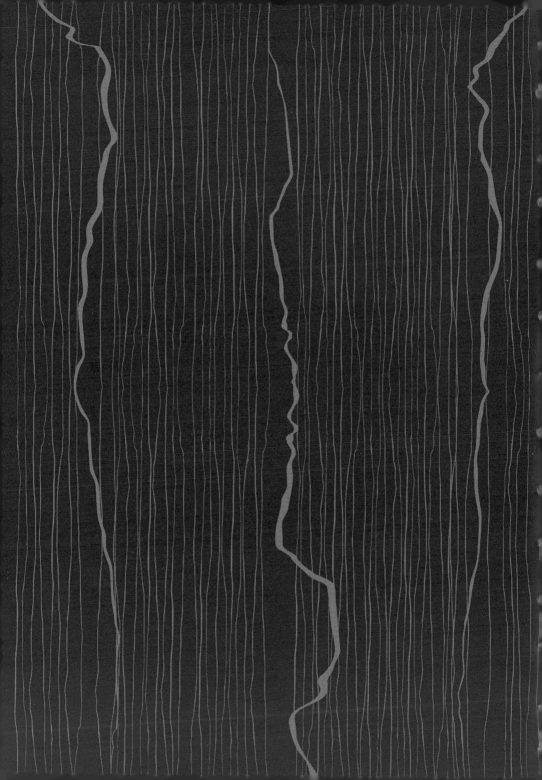

# ÍNDICE

HASTA QUE LA MUERTE NOS SEPARE 9

EL CUMPLEAÑOS DEL FANTASMA 25

URGANOPTERODU 39

LA NIÑA DEL CABELLO CORTO 55

EL BESO DE LA ABUELA 71

EL GLOBO GRIS 85

LA VENGANZA MALDITA 99

LA PIÑATA DE CRISTAL 113

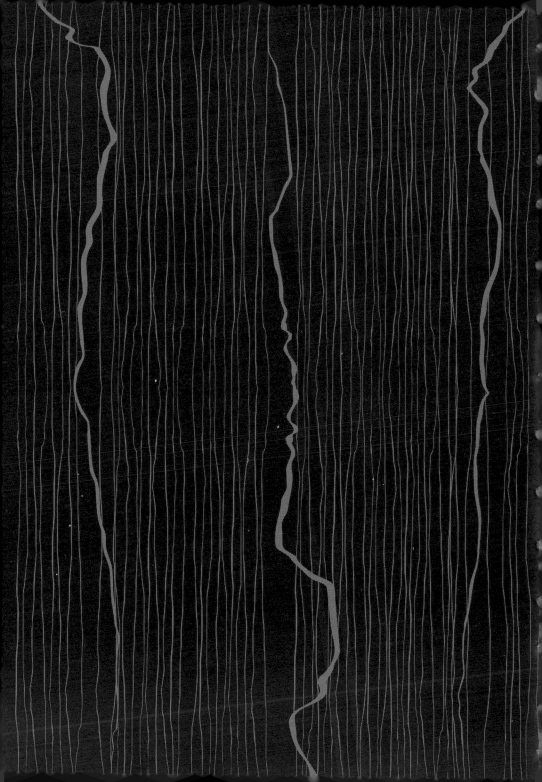

**E**L SILBIDO LEJANO DE UNA TETERA SE ESCUCHÓ. Ofelia abrió los ojos como si despertara de un sueño prolongado. La oscuridad ocupaba ya la totalidad de su habitación, la tercera noche comenzaba. Suspiró, encendió su lámpara y caminó despacio hasta uno de los libreros; ahí, se paró de puntas, tomó su diario, buscó una hoja nueva y notó que estaba casi lleno, apenas le restaba la última página en blanco.

Esa peculiar sensación que siempre sentía cuando terminaba un libro se instaló en su pecho. ¿Qué podía anotar ahí? Era una decisión importante. Ahí no cabría un cuento completo y no se decidía por otra alternativa. En lo que pensaba, revisó fragmentos pasados de ese diario. Al azar abrió páginas en las que encontró cuentos completos, ilustrados unos y escritos otros, hojas arrancadas, recortes pegados, dibujos, notas,

ideas de inventos, frases originales y algunas otras
sacadas de libros. Lo que más llamó su atención fue
un sueño anotado meses atrás.

Anoche soñé que caminaba por un precioso
cementerio localizado en un cerro que daba al
mar. La vista era impresionante, la niebla cubría
los árboles y, sin embargo, yo podía ver el océano.
Estaba sola, pero de pronto descubría que cerca
de mí, paseaba un niño de cabello rizado y ojos
grises. Luego de platicar un poco, él me revelaba
su nombre, se llamaba: Epitafio.

Ahí terminaba la descripción del sueño. En la
siguiente página estaba un dibujo del propio Epitafio en
el cementerio. Y a pesar de ser un recuerdo tan lejano,
Ofelia lo sentía como si lo hubiera soñado la noche
anterior. Tal vez influida por esa emoción, decidió que
el primer cuento que narraría sería protagonizado por
Rebeca, y se llamaría...

yó los pasos de sus papás alejándose por el pasillo y sonrió desde la puerta cerrada. Aún le costaba creer que hubieran accedido a dejarla sola, y de noche. Tenía cuatro horas para hacer lo que quisiera y cada minuto contaba. Corrió hacia la ventana para confirmar que el taxi en el que se iban se perdía en la avenida. Con la certeza de estar completamente sola, caminó a la computadora, la encendió e intentó conectarse a Internet, pero no lo logró porque habían cambiado la contraseña.

Rebeca se enojó muchísimo. ¿Qué iba a hacer desconectada? ¿Cómo podía divertirse? ¿Acaso estaba atrapada en el siglo XVII? ¿Debía entonces bajar por unas velas al calabozo? ¿Cepillar a los caballos? Se sintió traicionada por sus padres y no le gustó esa sensación. Para vengar la afrenta decidió realizar, una por una, todas las cosas que sus papás le habían prohibido que hiciera.

Primero calentó leche en la estufa, luego abrió la caja de un pastel de chocolate nuevo y lo partió a la mitad con el cuchillo más filoso que tenían, prendió la tele y buscó los canales de grandes. Intentó ver alguna película de terror, aunque todas eran súper aburridas. Bostezó, pero no quería dormirse tan temprano, ni modo que cumpliera lo que había prometido, tenía que encontrar algo que hacer. Entonces, se le ocurrió una idea, usar las cosas de su mamá, eso le molestaba mucho, y se enojaba cuando alguien lo hacía.

Comenzó por probarse todos los aretes que encontró, después pasó a los collares y pulseras. Al final también se maquilló, con rímel, sombras, chapas y probó los nueve tipos de lápiz labial que su mamá tenía. Su cara más parecía la de un payaso, pero eso a Rebeca le encantaba, entre más maquillaje, mejor.

Al final buscó la ropa. Sacó todos los vestidos que pudo cargar y se probó varios. Le gustó cada vez que se veía reflejada en el espejo. Se sentía como una señora refinada y comenzó a hablar como tal. Actuaba como la anfitriona de una cena de gala en la que se reunían las personalidades más importantes del país. En ese momento sonó el teléfono, era su papá que quería saber si iba todo bien. Rebeca mintió asegurándole que ya estaba dormida. Mientras su papá se disculpaba por haberla despertado y le decía que estarían ahí a las 12:30, ella notó una caja que nunca había visto en la parte superior del closet.

Luego de colgar, subió un banco a la cama y se asomó, eran dos grandes cajas que permanecían ocultas tras las cobijas de invierno. Emocionada, las bajó. Abrió la primera, pero su contenido la decepcionó pues sólo contenía fotografías, recortes de periódicos y cartas. Un sobre guardaba un mechón de su propio cabello de cuando era bebé, dos dientes caídos y una cartilla de vacunación del sarampión. Tomó el paquete de cartas y leyó la primera que encontró, una carta escrita a mano, dirigida a su mamá y enviada por un hombre que no era su papá.

Un tal Antonio, comenzaba su carta comparando los ojos de su mamá con dos cucharadas de miel. A Rebeca eso le pareció de lo más cursi, pero cuando vio una fotografía de Antonio, éste le pareció más guapo que su papá, aunque tenía patillas y bigote. ¿Qué hubiera pasado si ese hombre fuera su padre? No le gustó pensar eso y mejor guardó todo como estaba. Entonces abrió la otra caja.

Ahí encontró algo que jamás había visto: el vestido de novia de su mamá. Impecablemente doblado, permanecía guardado sin una mota de polvo. Rebeca lo contempló y lo sacó con mucha delicadeza extendiéndolo sobre la cama. Le pareció mucho más hermoso de lo que se veía en la foto de la boda que tenían en el comedor. El tono blanco de la tela se mantenía tan claro como la luna. Con la yema de sus dedos rozó el encaje que cubría las mangas y el cuello del vestido, y con delicadeza acarició la suave textura del velo.

Sin dudarlo ni un segundo, se quitó ahí mismo la pijama y se vistió de novia. Aunque la tela emitía un tenue aroma a humedad eso a Rebeca no le importó, el conjunto era muy bello y ella, vestida de novia, lucía hermosísima. Se vio en el espejo, y así, sin dejar de mirarse comenzó a entonar la marcha nupcial mientras daba pequeños pasos en círculos.

Al tiempo que cantaba, una idea iluminó su imaginación: ¿y si se casaba? ¿Por qué no? ¿Qué se lo impedía? Miró el reloj, apenas eran las 11:40 p.m., faltaba casi una hora para que volvieran sus papás. Le daba tiempo de casarse y hasta de divorciarse, así que de inmediato comenzó a organizar la ceremonia. Por suerte había asistido a varias bodas y recordaba claramente el ritual.

En la sala, del lado izquierdo colocó a toda la familia del novio; ésta se conformaba por adornos viejos, fotografías en blanco y negro, un trofeo de bronce y todas las cosas aburridas y feas. Del lado derecho, del lado de la novia, había muñecas, peluches, flores, lámparas y los adornos más bonitos de la casa. De la cocina se llevó un

destapacorchos con forma de sacerdote traído de un viaje a España. Él oficiaría la misa, sólo faltaba el novio.

Buscó entre sus juguetes, pero no encontró nada que valiera la pena para marido. Por un segundo contempló la posibilidad de cambiar la historia, actuar como si la hubieran dejado plantada en el altar, pero no le gustó la idea, además no tenía ganas de llorar porque eso provocaría que se le corriera el maquillaje. Era más fácil fabricarse un novio.

Al final lo armó sobre un porta trajes de su papá. Le puso unos zapatos negros bien boleados y una corbata de rayas, los guantes del jardín le colgaban de las mangas y parecían manos, pero aún faltaba la cabeza. Tomó un melón, le pintó una cara, pero le quedó tan feo que mejor lo ocultó al fondo del frutero. Recorrió la casa buscando la cabeza perfecta y, al final, entre las cosas viejas de su papá, encontró una máscara de payaso que él usó para disfrazarse alguna vez.

En cuanto se la colocó al resto del cuerpo, éste pareció, ahora sí una especie de ser humano, si no muy guapo, al menos alguien con quien se podía casar. Para ponerle un nombre se le ocurrió: Sarampión. Satisfecha con su nuevo novio, se armó un ramo formado por esponjas de baño. Terminado todo, colocó al sacerdote al centro y comenzó a simular su voz exagerando el acento español.

—Eztamos reunidoz el día de hoy para zelebrar la boda de Rebeca y el payazo Zarampión.

Para no perder tiempo, y porque no se acordaba de lo demás, decidió que ambos se pusieran los anillos y luego brincarse a la parte más emocionante de una boda.

—Zi alguien de vozotroz teneiz un impedimento para que se zelebre ezta unión, que hable ahora… o calle para ziempre.

En ese instante, su muñeca de trapo, Caridad, cayó de la silla en la que estaba sentada, pero Rebeca no hizo caso y la ceremonia continuó.

—Payazo Zarampión, ¿azeptaiz por ezposa a la hermozízima, inteligente y zimpática Rebeca, y os comprometeíz a rezpetarla y protegerla hazta que la muerte loz zepare?

—Sí, acepto, la amo con locura —respondió la propia Rebeca con su mejor voz de hombre.

—Gracias, amor —respondió también Rebeca tomando la mano con superficie rugosa del guante de jardín.

—¿Y tú, hermozísima Rebeca, azeptaiz a ezte payazo como ezpozo, para reírte de sus chiztez, limpiarle su gran nariz roja, amarlo y obedezerlo hazta que la muerte loz zepare?

—Acepto —respondió Rebeca mirando los ojos huecos de la máscara del payaso. Tras decir eso, emitió un larguísimo suspiro de enamorada.

—Ahora podeiz bezar a la novia.

A la medianoche, Rebeca besó la máscara. Y, aunque apenas había rozado el hule un segundo, sintió comezón en los labios. Iba a tocarlos, pero una copa se cayó y el ruido que hizo al romperse la distrajo. Después de eso, les dio la espalda a los invitados, se disponía a arrojar el ramo, cuando de pronto se fue la luz. En medio del silencio y la penumbra pensó en lo que seguiría, recoger. Notó que estaba bastante cansada, quiso irse a dormir, pero si sus papás encontraban ese tiradero la iba a pasar muy mal. Así es que con una linterna iluminó para ordenarlo todo.

Llevó los juguetes a su cuarto y acomodó las fotos viejas, devolvió al sacerdote a la cocina y se quitó el vestido de novia con el mismo cuidado con el que se lo había puesto, su mamá jamás se daría cuenta de que lo había usado. En pijama otra vez, volvió a la sala, pero no encontró al perchero. Dudó si ya lo había recogido, estaba tan cansada que no lo pensó más, y se fue a su cuarto rascándose la boca, pues la comezón en los labios era cada vez más fuerte.

Como aún no había luz, se fue a su habitación donde se recostó abrazada de Caridad. En cuanto cerró los ojos la luz volvió. Se paró para apagar el interruptor de la sala, se puso las pantuflas y las sintió apretadas. Salió, apagó la luz de la sala y al volver a su cuarto, se encontró con la silueta del perchero junto a su cama. Encendió la luz y descubrió que ahí, al lado de su cama, estaba el payaso. Rebeca se le acercó asustada e intentó quitarle la máscara. Parecía que tenía pegamento, pues no lo consiguió. Entonces trató de arrancar los guantes, quiso mover el perchero, cuando sintió que algo áspero la cogía por la muñeca.

—¿Dónde estabas jubilosa esposa, acaso no ves, que te ando buscando?

A Rebeca se le taparon los oídos del miedo y se le heló la sangre al oír la voz chillona del payaso.

18

—¡Suéltame!

—Pero si somos marido y mujer, ¿cómo me pides eso?

El payaso alzó su mano y mostró el anillo que llevaba en el guante, luego se rio con la típica carcajada exagerada de un mal payaso. A Rebeca, el aliento a goma le golpeó de frente y, a pesar del miedo, intentó zafarse, pero era demasiada la fuerza con la que la sostenía.

—Y ahora nos iremos a casita. ¡Al fin solos!

Rebeca apretó a Caridad mientras recordaba la ceremonia.

—¡No estamos casados! —gritó— ella se opuso a nuestra boda, acuérdate, ¡se cayó de la silla en ese momento! No vale la ceremonia.

La risa del payaso explotó y comenzó a crecer en intensidad, y entre más aumentaba de volumen, más miedo le daba a Rebeca. Cuando al fin se calló, él tomó a Caridad y, sin dudarlo ni un instante, la partió en dos mandando a volar la borra de la que estaba rellena.

—¿Sabes cuál es el colmo de una panadera? No poder hacer bien una trenza.

Rebeca miró al reloj, mientras el payaso celebrara su chiste, faltaban quince minutos para que sus papás volvieran. Si lograba hacer tiempo, con su llegada podría salvarse, era su única oportunidad.

—¿No tienes hambre? —le preguntó al payaso que no paraba de reír—. Puedo preparar algo para el camino ¿Te gusta el pastel de chocolate?

—¡Me encanta y me ataranta! ¡Amo hablar con rimas sobre todo con mis primas!

Rebeca fue la cocina mientras el payaso se quedó practicando unos trucos de cartas. Sirvió el pastel tan lento como pudo, pero, por más que se tardaba, sus padres no llegaban. El payaso apareció en la cocina y se comió el pastel masticando con la boca abierta, Rebeca necesitaba idear otra forma de prolongar el tiempo, pero el miedo no la dejaba pensar.

—Dame tu plato, lo voy a lavar.

—Me encanta que seas tan dócil, fósil. Te lo paso, con mi vaso.

La risa provocó un estallido de moronas que se dispersaron por toda la mesa. Rebeca lavó tan lento el plato que parecía un comercial de lava trastes en cámara lenta.

—¿Ya empacaste? —gritó el payaso—. ¿Sabías que la ciudad de los payasos está debajo de esta misma ciudad? Ahí vivimos casi nueve millones de payasos.

Rebeca se congeló mientras la risa de su esposo aumentaba.

Ahí conocerás a mis doscientos mil hermanos: Trampolín, Zapatón, Mentita…

Rebeca caminó hacia su cuarto mientras seguía escuchando la lista de nombres, se tardó lo más que pudo en empacar, habían pasado de las doce treinta y sus papás no volvían. Siempre tan puntuales y ahora… Mientras doblaba su ropa notó sus manos más pálidas, y eso le dio otra idea, pensó que tal vez si se quitaba el anillo anularía la magia. Con toda la fe puesta en su mano derecha, retiró su anillo mientras rezaba en voz baja. Con todo el corazón retiró el anillo por completo, pero nada cambió.

Entonces se escuchó que alguien intentaba abrir la puerta principal. ¡Sus papás al fin regresaban, estaba salvada! Sabía que tenía unos segundos para abrir la puerta y encontrarse con ellos. Corrió con trabajo pues sus pies parecían haber crecido y le costaba mantener el equilibrio. Con gran esfuerzo llegó a la entrada y abrió la puerta sólo para encontrarse en el pasillo a un montón de payasos que la miraban con rostros sobre maquillados. En ese instante sintió el guante de jardinero posarse sobre su hombro.

21

—Hermanos, villanos, les presento a Rebeca, mi esposa.

Mientras los payasos se presentaban en medio de chistes tontos y trompetillas, Rebeca sintió que sus labios se le quemaban, así como la punta de la nariz. Se llevó las manos al rostro para cubrirse los ojos y notó que nuevamente llevaba el anillo puesto. De reojo miró su reflejo en un espejo y sólo entonces pudo ver que portaba una corbata de rombos, nariz roja, peluca amarilla, sombrero de colores y una lágrima negra pintada sobre la piel completamente maquillada de blanco.

MIENTRAS LA PINTURA SE SECABA decidió dar por iniciada la tercera noche. Lo primero que hizo, antes de reunir a sus juguetes, fue revisar sus trampas de fantasmas. Esa era una costumbre recién adquirida y que había descubierto muy efectiva. Junto a cada una de las cuatro patas de su cama, colocaba un trapo anudado que previamente había pasado una noche debajo de su almohada. De esta forma, los trapos mantenían restos de sueños y en el mejor caso, de pesadillas.

Como Ofelia dos noches antes había tenido una intensa pesadilla, sabía que sus trapos atraerían a algunos fantasmas. Y no se equivocó, pues cuando revisó debajo de su cama se encontró con tres fantasmas masticando los trapos. En cuanto los vio, ellos se apenaron por ser descubiertos. El más viejo de los tres parecía el más incómodo, pues se cubría los ojos. El mediano era gordo y seguía masticando a pesar de la presencia ajena. El pequeño tenía cara de niño, cachetes rojos, aunque unos dientes afilados amenazantes. Ofelia, en lugar de abrir la ventana y sacarlos de vuelta a la noche, se sentó cerca de ellos y decidió contarles un cuento especial, el de Samuel, y que precisamente se llamaba...

ara la abuela de Samuel, lo más importante del mundo era su cabaña. No le gustaba que gente extraña la visitara y la cuidaba muchísimo, por eso todos se sorprendieron cuando ella misma propuso ese espacio para celebrar el cumpleaños número 10 de su nieto. El propio Samuel, incrédulo, le llamó para darle las gracias y confirmó la noticia. La condición era que nadie se acercara al pozo clausurado y que recogieran el jardín para que al día siguiente estuviera tan limpio como si nada hubiera pasado.

Su papá hizo un mapa para que los invitados llegaran sin problemas, ya que no era sencillo encontrarla si no conocías la ruta. Había que seguir un camino de tierra que salía de un pequeño pueblo escondido en medio del bosque. Samuel invitó a todos los amigos que pudo, de su escuela, del karate, de la natación, a vecinos, primos, tíos y hasta amigos de sus papás. Sabía que, aunque todos llegaran, el patio era tan grande que no se llenaría.

A las once de la mañana se presentaron los más puntuales. La abuela amaneció con dolor de cabeza y prefirió permanecer en su habitación, desde la cual se asomaba de cuando en cuando para verificar que se respetaran sus instrucciones. Seguramente sorprendida, pues al final los asistentes resultaron ser muchos más de los esperados, al parecer el mapa había sido muy claro.

Más de cien personas disfrutaban de la fiesta. La montaña de regalos crecía con la llegada de cada invitado. Samuel estaba rebasado cuando apareció su mejor amigo, Axel; él le llevaba un regalo que insistió debían abrir en ese momento. Se trataba de una cámara de video que Axel propuso estrenar ahí mismo. Entre los dos se turnaban para grabar la piñata, los juegos, el pastel, y el mejor momento de la fiesta, que fue cuando alguien, cerca del pozo clausurado, encontró a una serpiente negra que logró huir deslizándose bajo la barda de piedra.

Nadie mostraba ganas de marcharse, no fue sino hasta que el cielo se nubló y la lluvia amenazó con aparecer que los invitados comenzaron a retirarse. Para despedirse de todos, Samuel dejó la cámara, y Axel siguió grabando hasta que su familia también se retiró. Finalmente, a las siete, la noche se instaló y la cabaña quedó nuevamente vacía. Sin embargo, el patio estaba tan repleto de basura, y su estado era tan lamentable, que no sería posible limpiarlo ese mismo día.

Mientras cenaban algo ligero, se soltó un aguacero memorable. La familia decidió aceptar la invitación de la abuela y pasar la noche en la cabaña para limpiar al día siguiente. A Samuel le daba un poco de miedo ese lugar mas no se atrevió a decir nada, y menos, mientras su abuela se quejaba de que no habían respetado el acuerdo, pues varios niños habían jugado en la zona del pozo y hasta se habían subido a los árboles frutales. Samuel ofreció disculpas y pidió permiso para irse a dormir, estaba tan agotado que hubiera podido ponerse a roncar sentado.

Sin embargo, a pesar del cansancio no descansó del todo pues un sueño recurrente lo acechaba: decenas de serpientes negras salían del pozo tapado y se unían formando un cuerpo gigante. Samuel inquieto, prefirió ir por un poco de agua. Ya no llovía en el bosque y en el interior de la cabaña se percibía un silencio agobiante. Para evitarlo, decidió abrir una ventana, pero incluso afuera, en el bosque, los únicos sonidos que podían escucharse eran aquellos que emitían los insectos de la noche.

El vaso de agua fría lo hizo sentirse mejor, iba a servirse otro cuando le pareció escuchar unos murmullos en

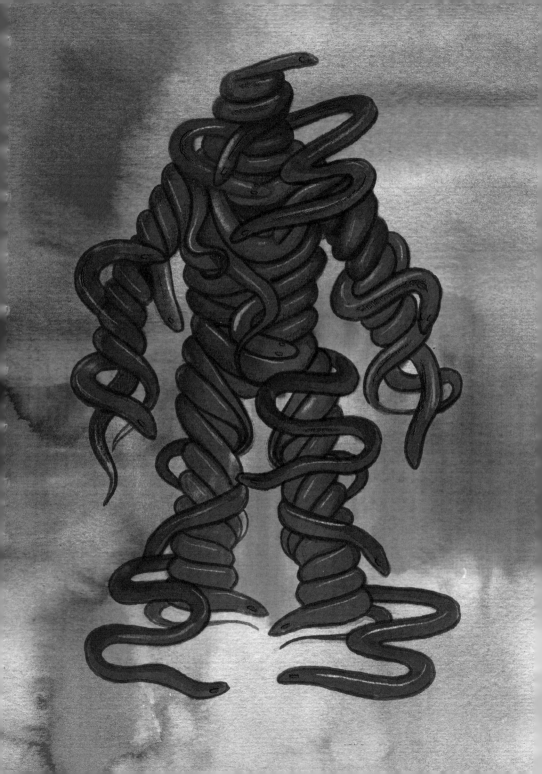

el jardín. Se acercó a la ventana y se asomó, la oscuridad del campo era absoluta, no podía reconocerse nada, ni los árboles más cercanos.

—Felicidades.

Su abuela había llegado a la cocina y lo espantó al felicitarlo.

—Creí que estabas dormida, abuela.

—Ya es tu cumpleaños, es domingo, cinco de septiembre.

—Gracias.

Samuel se sentía incómodo, su abuela se sirvió un vaso de agua. Iba a beberlo cuando se detuvo y miró fijamente a Samuel, directo a los ojos.

—El día que naces te marca para toda tu vida, como el día que mueres también.

Él no supo qué responder.

—Cinco de septiembre —repitió otra vez la abuela.

Se acercó a la ventana y se quedó mirando hacia la noche profunda.

Samuel se despidió y regresó a su cama. Al despertar al día siguiente, mientras sus papás seguían dormidos, comenzó a abrir sus regalos. Llevaba poco cuando se encontró con la cámara de video y prefirió revisar lo grabado. Al principio, él y Axel bromeaban junto a la pila de regalos, luego la piñata. Más adelante vio a uno de sus primos comiendo un sándwich, y detrás de él, descubrió a otro niño que no reconoció, con cara pálida y ropa gastada. Adelantó el video y otra vez apareció aquel niño, asomando la mitad del rostro detrás de un árbol, su mirada triste veía directo hacia la cámara.

Adelantó la parte del pastel que era muy aburrida, pero se detuvo cuando notó que ahí también estaba el niño pálido, entre otros niños. Samuel sintió, como la noche anterior, el peso del silencio. Adelantó hasta el final del video, Axel había grabado esa parte por lo que se vio a sí mismo despidiéndose de algunos invitados, luego la cámara giraba accidentalmente para encontrarse con Regina, una compañera de su escuela que estaba sangrando por la nariz, su mamá hablaba en voz baja mientras la curaba, decía que ese lugar no le gustaba. En ese momento acababa la grabación.

Samuel regresó el video y notó que el niño pálido aparecía muchas veces más de las que había notado la primera vez. Por un momento detuvo la imagen y se acercó con el zoom, vio ese rostro con detalle, pero, aunque tenía algo familiar, no lograba reconocerlo. Vista de cerca, la mirada de ese niño parecía hueca y en ocasiones susurraba algo que era imposible escuchar. Cada vez más nervioso, Samuel prefirió apagar la cámara, y al hacerlo, vio el reflejo del niño asomado por la ventana.

Corrió y gritó tan fuerte que despertó a sus papás y a su abuela. A pesar de que no había nadie en la ventana les contó todo lo que había visto. Ellos intentaron calmarlo, su papá salió incluso al jardín y buscó por todas partes, pero no había nadie ahí, ni rastros de que hubieran huido. Después, los tres revisaron el video solo para descubrir que ahora el niño no aparecía ni una sola vez.

Samuel estaba confundido y muy asustado, quería volver a su casa, aunque debía cumplir lo prometido. Por eso se apuró y se ofreció para recoger los restos de fiesta del patio, había mucho que levantar. A pesar de que su abuela había amanecido de buen humor, dijo que no quería ver ni un papel en su pasto. Así que Samuel se distrajo recogiendo bolsas, envolturas de dulces y restos de piñata. Lo peor era levantar el confeti del pasto mojado.

Estaba tan concentrado, que cuando escuchó un sonido cercano no fue capaz de reconocer el origen. Miró a su alrededor y no vio nada, creyó que se había equivocado, pero a los poco segundos escuchó a sus espaldas: *¿jugamos?* Al voltear, Samuel vio a lo lejos al niño pálido mirándolo a los ojos. Temblando de miedo, se puso de pie y caminó despacio hacia atrás. Siguió retrocediendo cuando el niño ese dio unos pasos para aproximarse. Fue entonces que Samuel corrió tan rápido como pudo hacia el interior de la cabaña.

Sus papás acomodaban los muebles que habían movido el día anterior y no notaron lo agitado que venía. Al verlos, dudó en contarles, seguro no le creerían, o tal vez sí. No sabía qué hacer cuando su abuela lo llamó. Le pidió que la ayudara a reacomodar algunas fotos viejas que pensaba cambiar de lugar. Samuel obedeció y comenzó a ayudarla con las más pequeñas. Casi todas eran fotos viejas, familiares, en eventos o vacaciones, y en varias aparecía su abuelo ya fallecido. Una grande llamó su atención, se trataba de una fotografía navideña donde estaban sus abuelos jóvenes rodeados de un montón de niños y niñas. Buscó a su papá cuando vio al niño pálido en la fotografía.

La mirada era la misma, por lo que un escalofrío recorrió el cuerpo de Samuel. Aprovechando que su abuela estaba limpiando otras cajas, tomó la fotografía y se acercó a su papá para preguntarle quién era ese niño. Él miró la foto por unos segundos y le contó que se trataba de su hermano Julio que había muerto cuando era niño, se había ahogado en el pozo que ahora estaba tapado. En el pueblo se decía que en ese pozo murieron varios niños y unas niñas mucho antes de que su abuela comprara la cabaña. Por eso lo habían tapado, y por eso su abuela era tan celosa de que nadie se acercara ahí.

Su papá le devolvió la foto y le pidió que no dijera nada de eso a su abuela porque a ella no le gustaba hablar de Julio. Samuel obedeció, regresó la foto a su lugar y terminó de acomodar las restantes. La abuela regresó a su lado y Samuel la vio con otros ojos. Le pareció reconocer en su mirada algo de la mirada triste del niño de la fotografía.

Mientras la familia disponía todo para marcharse, Samuel no retiraba su mirada del jardín. Vio entonces una serpiente negra, quizá era la misma del día de la fiesta que había vuelto a su escondite. Se acercó a la ventana, pero ya no fue capaz de volver a encontrarla. Quería salir, pero tenía miedo. La buscó con la mirada, cuando de pronto, reconoció al niño escondido en medio de dos arbustos. Era Julio y lo miraba también, además susurraba algo parecido a lo que había dicho en el video. Samuel recordó la historia que le había contado su papá. Volvió a ver hacia el interior de la casa y se encontró con la mirada de su abuela que lo invitaba a salir.

Pidió permiso y salió caminando muy despacio. El cielo permanecía nublado, el viento presagiaba una lluvia parecida a la del día anterior. Samuel buscó con la mirada al niño, pero no lo vio. Metió sus manos frías en las bolsas del pantalón. Se acercó más a los arbustos, pero ya no había nadie ahí. Buscó en el pasto por si veía a la serpiente, pero nada. Se atrevió a llamarlo en voz baja: "aquí estoy, vamos a jugar", pero no obtuvo respuesta. Se acercó al pozo y se sentó a esperar.

De su boca salía vapor mientras miraba hacia la casa de su abuela. Suspiró justo cuando detrás de un árbol asomó el niño pálido.

—¿Te llamas Julio?

El niño afirmó con la cabeza.

—Puedo jugar contigo. Si quieres.

Entonces el niño triste sonrió.

—¿A qué quieres jugar? —preguntó Samuel.

—A escondernos.

—Pero entre dos es aburrido.

—Somos más.

Tras decir aquella frase, comenzaron a salir de distintas partes del bosque, otros niños y tres niñas. Samuel los vio a todos, sorprendido, pero sin miedo. Todos lo miraban con esa misma mirada triste y sin atreverse a acercársele. Samuel no sabía qué decir y sólo dejó de verlos cuando Julio habló.

—¿Cuentas?

Samuel afirmó, se cubrió los ojos y todos corrieron a esconderse. Contó hasta treinta y al terminar se dispuso a buscarlos. Estaba tan decidido a encontrarlos, que no vio hacia la cabaña de su abuela. De haberlo hecho, habría notado que ella miraba todo desde su habitación, y desde ahí parecía sonreír. Y es que sólo ella sabía que Julio había muerto en la misma fecha en la que Samuel cumplía años, y como todo mundo sabe, los fantasmas cumplen años el día en que mueren como humanos.

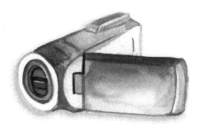

OFELIA SEGUÍA SENTADA EN EL PISO cuando acabó de narrar el cuento. Los fantasmas parecían felices, el viejo incluso suspiró. Ofelia se sintió contenta por hacerlos sentir bien, pues lo que más le importaba al contar una historia era provocar emociones. Intentó ponerse de pie cuando sintió una comezón familiar en su pierna izquierda, se le había dormido. Fue tan intenso el cosquilleo que no logró levantarse. Cada vez que se movía, un hormigueo la invadía paralizándola.

Sonrío por el dolor y decidió aguardar a que la sensación pasara. Mientras esperaba, recordó que de pequeña creía que cuando una parte del cuerpo se te dormía era porque de esa parte se apoderaba algún espíritu que la habitaba (pierna, brazo, o lo que fuera), pero de forma temporal. Aunque un poco más grande, había llegado a pensar que eso sucedía por alguna especie de demonio que te lamía esa parte del cuerpo y hasta que su baba se evaporaba, se disipaba la sensación incómoda.

Como fuera, poco a poco la sensación se fue apagando y su pierna volvió a ser libre. Los tres fantasmas ya habían partido, Ofelia pudo al fin levantarse, pero en su cabeza flotaba una idea para el siguiente cuento. La imagen de un espíritu seguía en su mente, pensó que sería mejor contar un cuento sobre algún espíritu poco común, no un fantasma convencional, algo diferente.

Antes de iniciar, colocó a todo sus juguetes formando tres círculos en torno a ella y tras darles la bienvenida a esa noche, inició con la historia de Diego y...

uién sabe por qué, pero a Diego todo se le olvida. Cuando se baña, olvida lavarse el cabello o meter una toalla, olvida su suéter y no en pocas ocasiones se le ha olvidado bajarse en la estación del metro que lo deja cerca de su casa. Frecuentemente se le olvida poner llave y si no, es porque entonces se le olvidaron las llaves. Debido a su mala memoria, a lo largo de sus doce años, le han puesto un montón de apodos, la mayoría de ellos, claro, los ha olvidado.

Por eso sufre en los exámenes cuando es necesario memorizar. Como cuando aquella vez en que el maestro de geografía, enojado por una broma que le hicieron, gritó antes de salir: ¡Y en el próximo examen, vendrán todos los países del continente americano, pero, además, los del continente africano! ¡Todos! ¿Me oyeron?

Tan sólo de pensar que tenía que aprenderse tantos nombres, a Diego se le atragantaba la memoria y apenas podía respirar. Mientras iba en el metro de vuelta a su casa, veía a la gente y se preguntaba ¿cuántos sabían los nombres de los países africanos? Seguro nadie y entonces para qué servía estudiarlos. Viajaba contrariado y muy angustiado, con la mirada clavada en el piso. Tan ausente que apenas reaccionó cuando sonó una extraña voz.

—Yo sí me sé los nombres de los países africanos.

Diego levantó la mirada, y vio que a su lado viajaba un hombre muy viejo, de ojos verdes, vestido con traje café y corbata morada. Su cabello despeinado y abundante era completamente canoso.

—No te espantes —dijo el hombre aquel—, para mí es fácil leer los pensamientos, lo puedo hacer desde niño.

Diego no supo qué responder.

—Tienes un problema, y aunque no esté bien que lo diga, yo te puedo ayudar.

Diego miró al resto de los pasajeros esperando alguna mirada curiosa, pero nadie parecía verlos, todos iban dormidos o con las miradas clavadas en sus teléfonos celulares.

—Pero si prefieres estudiar, olvida lo que te dije, tal vez sea mejor así.

A pesar de sus palabras, el hombre no dejó de ver a Diego que no tuvo más opción que preguntar cómo.

—Tengo una palabra de poder, ¿sabes lo que es eso? Seguro no, para que me entiendas, te diré que es como un amuleto. Si dices la palabra poco antes de tu examen, podrás responder correctamente todas las preguntas.

La sonrisa del viejo incomodó a Diego, que preguntó:

—¿Y cuál es esa palabra?

El anciano se rio.

—Te la podría decir, pero, ¿yo qué ganaría a cambio?

Diego se mantuvo pensativo, no llevaba dinero, abrió su mochila y sacó un chocolate, ante lo cual, el viejo sonrió.

—¿Te voy a dar una palabra de poder y tú me vas a dar un chocolate?

—Tiene almendras —respondió Diego.

—No —dijo el viejo—. No reconoces la suerte que tienes de que yo esté aquí.

El vagón se detuvo, Diego verificó la estación, no era la suya, pero la siguiente lo sería, así que le quedaba muy poco tiempo para obtener la palabra.

—¿Qué quiere?

El vagón arrancó nuevamente y el viejo volvió a sonreir, se rascó simultáneamente las cejas y miró al niño de tal forma que le provocó miedo.

—No temas, mira, hagamos una apuesta, a mí me gusta mucho el juego. Te voy a decir la palabra, y si mañana, a esta misma hora, en este vagón, me la vuelves a decir, no pasa nada, todos felices. Pero si se te olvida… entonces deberás acompañarme a donde vivo. Es todo.

Aunque la casa del señor aquel, seguramente sería un lugar al que Diego jamás querría ir, el plan sonaba tan fácil que aceptó. Pero tomó precauciones, como conocía bien su mala memoria, sacó su libreta y un lápiz.

—¿La vas a anotar? —preguntó el viejo.

—¿Se vale?

—Sí —dijo el viejo riendo.

En ese momento se escuchó el sonido de los frenos presagiando que se acercaban a la estación donde Diego bajaba. Entonces, el viejo se le acercó y le susurró al oído en voz baja: *urganopterodu*.

Diego repitió la palabra mientras la escribía, se la enseñó al viejo para verificar que estuviera bien escrita, éste afirmó justo cuando las puertas del vagón se abrieron. Diego salió rápido y sin despedirse. Antes de que se cerraran las puertas alcanzó a escuchar:

—¡Suerte en tu examen, mañana te veo acá!

Esa tarde, Diego estudió desde temprano. Conforme avanzaba en el estudio, notaba que los nombres de países se confundían, y no lograban adherirse a su memoria. Confundido, tomó la libreta y leyó varias veces la palabra *urganopterodu*. Cada vez que la leía, le parecía apreciarla más y más. Comenzó a creer que podía comprender su composición, sentía las trece letras como si contemplara un esqueleto en el museo. Repetir la palabra le provocaba una ligera taquicardia. Por si acaso, tomó la libreta con la palabra, arrancó la página y la guardó en su suéter.

A la mañana siguiente, durante el viaje en metro, siguió estudiando. En un mapa llevaba coloreados los países esperando que eso ayudara un poco a su memoria a la hora de recordar. Iba muy concentrado hasta que se encontró con la mirada de una mujer extremadamente gorda que tenía unos ojos verdes exactamente iguales a los del viejo despeinado. Se distrajo y, más adelante, al bajar en la estación más cercana a su escuela, le pareció ver a una niña con los mismos ojos verdes. Iba a acercarse a ella cuando la marea de gente se lo impidió.

Su única esperanza al entrar al salón era que el maestro hubiera perdonado la afrenta y olvidara África. Diego suplicó en silencio, pero su esperanza se desvaneció cuando le entregaron un examen de cuatro hojas, dos de América y dos de África. Estaba perdido e inició con América y su mayor debilidad: diferenciar Uruguay de Paraguay. Luego se siguió hasta que no pudo postergar más el momento de resolver las páginas 3 y 4.

Suspiró y se quedó viendo la forma del continente africano que siempre le había parecido la cabeza de un caballo viendo hacia abajo. Checó el reloj, restaban veinte minutos, iba a comenzar cuando algo llamó su atención en la ventana. Desde ahí se podía ver el campo de futbol, y justo al centro, le pareció ver al viejo de la cabellera enmarañada. El maestro se burló de Diego diciendo que en el campo no iba a encontrar las respuestas, él lo escuchó y al volver la mirada al campo ya no vio al viejo.

Pero eso le sirvió para recordar la palabra, o al menos recordó que la llevaba anotada en un papel dentro de su suéter. Con cuidado tomó aquel papel y aprovechó para leer en voz baja, *urganopterodu*. Tres veces leyó esa palabra y nada pareció suceder. Se sintió derrotado cuando de pronto, en su cabeza, comenzaron a aparecer, como fuegos artificiales en la noche, los nombres de todos los países africanos.

Camerún, Zimbabue, Marruecos, Nigeria, Etiopía, Ghana. Era tan sencillo, como un juego donde sólo tenía que acomodar las piezas, como un rompecabezas de bebés. Diego no sabía de dónde, pero los nombres y su localización fluían de tal forma que en dos minutos terminó, aunque más importante que la velocidad, era que tenía la certeza absoluta de que todas las respuestas estaban correctas. Faltaban quince minutos e incluso se dio el lujo de revisar América y corregir algunos errores.

Se sintió como nunca se había sentido, con la certeza de que obtendría diez en geografía, el primero de su vida.

Se paró orgulloso y se dirigió al maestro que lo miraba con ojos de burla. Diego entregó el examen con una sonrisa magnífica. El resto del día se sintió como rey y caminó al metro como si fuera entre nubes, hasta que dos ojos verdes terminaron con su ensoñación. Era el anciano que lo veía a la distancia. Diego tuvo miedo y huyó en otra dirección. Logró escabullirse por un túnel lateral. Llegó justo a tiempo para subirse a un vagón sin que el viejo estuviera cerca, de modo que cuando se cerraron las puertas respiró aliviado.

—¿Cómo te fue en el examen? —escuchó a sus espaldas.

No necesitaba voltear para saber quién le hablaba.

—Creo que bien.

—Yo creo que muy bien, eso es lo que en verdad piensas.

Diego volteó muy despacio y confirmó que el viejo lo estaba mirando, iba con la misma ropa del día anterior.

—Te felicito, ahora, si me devuelves mi palabra, podemos despedirnos.

En ese instante, Diego recordó que había olvidado su

suéter con el papel en el salón. No dijo nada e intentó recordar la palabra, pero le fue imposible, ni siquiera recordaba la letra con la que iniciaba, ¿era una *p*, una *f*, una *n* o una *u*?

—Mañana se la traigo, lo prometo, la dejé en mi escuela.

El viejo miró a Diego sin decir nada, luego añadió:

—Olvidaste mi palabra, entonces sabes lo que sigue, ¿no?

—No, no es necesario —comentó Diego—, porque mañana se la voy a traer, lo prometo y si quiere dinero…

—Lo siento, el dinero no me interesa, una apuesta es algo muy serio y debes cumplir.

Con la mirada del viejo, Diego sintió como si le clavaran una flecha en el corazón, tuvo miedo y gritó con todas sus fuerzas: ¡Auxilio!

Pero para su sorpresa nadie reaccionó, ni respondió porque en el vagón no viajaba nadie más, sólo él y el viejo.

—Agárrate bien, niño, porque vamos a dar una vuelta un poco brusca —dijo el viejo justo antes de que el vagón cambiara de ruta y apuntara en línea vertical hacia abajo, como si fuera una montaña rusa.

Diego casi sale volando, pero logró sostenerse por unos segundos que le parecieron una eternidad. Apenas

pudo mirar por la ventana y vio luces pasando a toda velocidad, además de decenas de túneles subterráneos que se
mezclaban unos con otros y apuntaban en direcciones increíbles. Parecían viajar en un laberinto subterráneo.
Cuando finalmente se detuvieron, Diego pensó huir del
viejo, pero al asomarse por la ventanilla notó que el vagón
había parado en medio de lo que parecía ser un bosque.

—Este tren viaja en una espiral descendente a una
serie de estaciones inferiores. Del submundo. Yo vivo en
la tercera, para suerte tuya no vamos tan lejos.

Por las puertas entraron una serie de presencias y sombras que ocuparon parte de los asientos vacíos.

—Ellos son los menos malos —dijo en voz baja el hombre—. Espíritus y demonios perdidos, olvidados.

Diego miró por la ventanilla hacia el bosque y vio
a dos grillos gigantes. Luego, una sombra se les acercó,
sintió aquella presencia aterradora, pero bajó la
mirada.

—Te conozco —le susurró la sombra al
viejo.

—Imposible —respondió él—. Y aléjate
que no me gusta tu aroma, apestas a so-
ledad.

A Diego le costaba trabajo creer
lo que estaba presenciando, creyó

estar soñando. Se cerraron las puertas y el movimiento del vagón lo hizo reaccionar, la velocidad era mayor que la peor de las montañas rusas.

Entonces comenzó a sentir calor, y el viejo se quitó el saco.

—La siguiente estación es muy caliente, prepárate.

Pero no había forma de prepararse para aquella sensación, la temperatura subió como agua que hierve, parecían dirigirse al centro del sol.

—Estas son las primeras de las estaciones inferiores, cuentan que en las últimas viven criaturas capaces de destruirte con una mirada. Muy pocos conocen esos espacios, ni siquiera yo he llegado hasta allá.

La temperatura seguía subiendo y Diego se imaginó como un bombón quemándose. El metro se detuvo de golpe en un espacio completamente oscuro, como un vacío. Al abrirse las puertas, se subieron siluetas de humo.

—No las veas, no les gusta, no te lo perdonarían.

Diego evitó ver a nadie y suplicó al viejo que volvieran arriba. Pero el viejo ni siquiera volteó a verlo.

—En la siguiente estación nos bajamos —dijo el viejo con una sonrisa.

Diego intentó recordar otra vez la palabra, hizo un esfuerzo, puso su mente en blanco, pero únicamente podía recordar países africanos y americanos. El calor dejó de ser tan intenso, aunque el miedo aumentaba.

—Sí te conozco —volvió a decir la sombra aquella al viejo que cada vez lucía más enojado.

Su cabellera se despeinó, parecía encresparse con el mal carácter.

—¡Ya te dije que te largues!

El viejo se puso a discutir con la sombra, Diego no podía escucharlos porque habían llegado a la siguiente estación. Ahí vio que todos los que esperaban vestían igual que aquel viejo, incluso mujeres, niños y niñas. Todos también tenían los ojos verdes y las melenas canosas despeinadas.

—¡Urganopterodu! —gritó el espíritu aquel.

El viejo palideció, pero Diego escuchó muy bien aquella palabra que le sonó como la más hermosa de las melodías.

—Así te llamas, ¡tú te llevaste a un primo mío! ¿Dónde está? Dímelo.

El vagón se detuvo, las puertas se abrieron y los hombres despeinados entraron a trompicones. El viejo tomó a Diego del brazo y lo jaló.

—Le devuelvo su palabra, es ¡urganopterodu!

El viejo se tapó los oídos y volteó a ver a la sombra, iba a golpearla cuando Diego volvió a gritar: ¡urganopterodu! Tan fuerte, que cerró los ojos con fuerza. Luego una, dos, tres y cuatro veces más.

Se agotó y al abrir los ojos se dio cuenta de que estaba otra vez en el metro, sentado frente a una anciana con dos bolsas del mercado que lo miraba extrañada. Diego miró a su alrededor y se encontró a mucha gente viéndolo. Eran los mismos rostros de todos los días, pero a Diego le parecieron hermosos, casi ángeles. Sonrió y le dio un beso a la señora de las bolsas que le regresó un golpe con su monedero. A pesar del dolor sonrió pues bien sabía que, con todo y su terrible memoria, todo lo que había vivido en esos dos días no lo olvidaría jamás.

AL TERMINAR ESE CUENTO MIRÓ A LOS JUGUETES que la rodeaban. Los tres círculos se mantenían intactos a su alrededor. De pronto, sin decir nada, se puso de pie, comenzó a levantar a algunos juguetes y llevarlos a otra parte de su habitación. Tomó al hombre lobo, al vampiro, a tres monstruos y a un fantasma.

—Este cuento no es para todos.

Volvió para recoger un par de diablos que también se llevó al mismo lugar.

—Este cuento es sólo para chicas.

Y efectivamente, a su alrededor habían quedado puras mujeres o monstruas. Muñecas, brujas, calacas, su títere de dos ancianas siamesas y otras más.

—Es un cuento para mujeres, hermanas, madres, abuelas, hembras, primas, nietas, hijas, amigas, suegras, cuñadas, nueras, madrinas y todas nosotras.

Ofelia se sentó al centro del círculo y continuó hablando con el espíritu encendido.

—Es muy importante saberlo y no perderlo de vista, porque, ¿saben? Nosotras seremos las nuevas brujas, una nueva generación. Y debemos enfocarnos en afinar nuestra fuerza y sensibilidad.

Ofelia seguía hablando inspirada como pocas veces.

—¿Lo entienden, hermanas? No podemos desviar nuestra sabiduría femenina sólo en horóscopos y terapias alternativas. ¡Es nuestro tiempo y ahora nosotras estamos al mando!

Descubrió que había gritado esa frase y se sonrojó. Ofelia calmó un poco su ímpetu y comenzó a narrar el siguiente cuento, otra vez, con voz tierna y dulce, la sorprendente historia de Ana...

# LA NIÑA DEL CABELLO CORTO

ecibir aquella noticia cambió a Ana Sofía. Ella y su familia se mudarían a otra ciudad, y el acontecimiento la entristeció mucho. A pesar de que les suplicó a sus papás, no había marcha atrás, ellos insistieron en que el cambio sería para bien de todos, además, la ciudad donde vivirían era muy segura y mucho menos contaminada. Dejarían su pequeño departamento y se mudarían a una gran casa con jardín en el que ella podría al fin tener el perro que siempre había deseado. Pero Ana Sofía no escuchaba esos argumentos, la tristeza de dejar a sus amigas lo opacaba todo.

El llanto nocturno de las primeras noches se transformó muy pronto en enojo. Un coraje desconocido se instaló en su pecho hasta que decidió que no hablaría más con sus padres. Callaría hasta que la alegría volviera a su vida. De esta forma, Ana Sofía, que usualmente era obediente, se transformó de pronto en una niña silenciosa, pero, además, huraña y grosera. Se la pasaba escuchando música, comía lo mínimo y ni siquiera aceptó que sus amigas le hicieran una fiesta de despedida.

Conforme se acercaba la fecha de partir, pasó los días encerrada en su habitación. En ese tiempo, su rostro adelgazó por lo poco que comía y, gracias al cabello negro, su piel lucía más pálida. Esta apariencia le gustó y decidió ir más allá. Primero, dejó atrás su carácter obediente y aburrido. Para crear una nueva personalidad empezó por corregir su nombre, Sofía siempre le había chocado, y Sofi mucho más, era demasiado tierno. A partir de ese momento sería sólo Ana, tres simples letras, una n de nada, atrapada entre dos a's de angustia.

La primera acción de la nueva Ana debía ser tajante y así lo fue. En su último día en el departamento tomó un larguísimo bañó en tina y ahí mismo, ella sola, se cortó el cabello. Cada vez que recortaba un mechón sentía que su vieja personalidad se desdibujaba lentamente, y esa sensación le fascinaba. Mientras la tierna Sofi se apagaba, la cínica Ana crecía como gigante. Esa noche, sus padres notaron el cambio, pero no quisieron incomodarla y mintieron asegurando que se veía muy bien.

El trayecto a su nuevo hogar lo pasó dormida, y cuando abrió los ojos ya estaban frente a la casa nueva. Aunque no quiso reconocerlo, la vivienda era hermosa y su cuarto del doble de tamaño que el de su departamento. La

tarde la pasaron sus papás acomodando los muebles, mientras Ana se ocupó en ordenar su ropa. Como había dejado en su vida pasada toda prenda de color, ahora únicamente acomodaba ropa negra, gris y morada, que además podía lucir en su escuela nueva, ya que ahí no llevaban uniforme.

En su primer día en el nuevo colegio acudió vestida con falda negra y camisa de rayas moradas. Su figura y extraña actitud llamaron la atención de sus compañeros que la rodeaban con miradas de admiración. Brillaba como una luciérnaga solitaria en medio de la noche. Por dentro estaba nerviosa, pero logró disimular su nerviosismo fingiendo un desinterés por todo lo que la rodeaba. Poco a poco notó que su nueva personalidad se imponía y disfrutó la sensación de ser diferente, no habría cambiado ese sentimiento por todos los muchos dieces que había acumulado en el pasado.

Además, la escuela era mucho mejor que su viejo colegio. Sus papás le habían contado que esa había sido una hacienda en el pasado y por eso conservaba esa majestuosidad. Los espacios estaban perfectamente cuidados. Tenía pasillos de mármol, una alberca, dos canchas de pasto y una enorme biblioteca.

Ana se adaptó bien y desde los primeros días comenzó a desarrollar una habilidad para mentir que incluso a ella le sorprendió. Si alguien le preguntaba por su pasado, ella no tenía empacho en inventar las más inverosímiles historias; que su papá era científico y su mamá, una genial actriz condenada a no brillar, pues en el escenario la invadían terribles migrañas. Sobre la pequeña cicatriz en su brazo derecho, juró que se la había provocado pues a los dos años se había lanzado de la azotea creyéndose un pájaro.

En torno a ella comenzó a formarse una camarilla que la admiraba y quería estar siempre a su lado escuchándola. La fama de la niña del cabello corto creció en una escuela acostumbrada a la rutina. Su pequeña leyenda llegó a oídos de un grupo de niñas de secundaria muy populares a las que toda la escuela respetaba y temía. Ellas se llamaban a sí mismas *Las Viudas*, y a pesar de que nadie lo quería reconocer, todas las niñas soñaban con ser una viuda más. Aunque no había modo de formar parte de ese grupo, o al menos eso se creía hasta que a Ana le llegó una invitación.

En cuanto leyó el recado se entusiasmó, pero disimuló su sorpresa. La reunión a la que la invitaban sería en la biblioteca. Ana estuvo emocionada todo el día con la cabeza puesta en ese encuentro, aunque a nadie le compartió la noticia. Ya desde tiempo atrás había reunido información sobre *Las Viudas* y las admiraba en secreto. Ellas no representaban a las típicas niñas populares, eran bonitas y tenían un gusto increíble, sin embargo, eran más que eso:

destacaban en los deportes, y sobre todo eran muy inteligentes, las tres eran campeonas de ajedrez por el estado. Eso a Ana le resultaba fascinante, belleza e inteligencia en un grupo superior; ella tenía que ser una viuda, siempre lo había sido.

Ana llegó puntual a la cita y se encontró con que ya la esperaban. Ivonne, Elvira y Vanesa, las tres viudas la recibieron con sonrisas amistosas. Tras presentarse, le preguntaron un poco de su salón, compañeras, detalles de su familia, sobre su anterior escuela y de sus viejas amigas. Ana adornó mejor que nunca su propia vida, durante el día había escrito algunas ideas que desarrolló brillantemente frente a ellas. Las tres viudas la escuchaban atentas y aunque lucían controladas, por momentos se notaban sorprendidas ante lo que ella narraba.

Al acabar su presentación, Elvira decidió contarle una parte oculta de la historia de la escuela. Habló de la propietaria de la hacienda, Doña Greta, una mujer terrible, solitaria, que realizaba experimentos ocultos por las noches y a la que la gente del pueblo llamaba bruja. También contó que muchos

trabajadores de la hacienda que exigieron mejores condicio-
nes de trabajo, desaparecieron de formas extrañas. Corrían
leyendas de que su crueldad era tal, que sus empleados habían provocado que muriera quemada dentro de la biblioteca y por eso durante las noches se aparecía por ahí.

A Ana, aquella historia le pareció un cuento de miedo
un tanto mediocre, pero la escuchó completa sin decir nada.
Luego de Elvira, Ivonne habló, le propuso que, si lograba
pasar una noche ahí, sola, podría ser parte de su grupo, se
convertiría en la cuarta viuda. Sólo que, si decidía aceptar
el reto, tendría que ser esa misma noche.

Aunque fingió pensarlo, aceptó emocionada; jamás
dudó de que podría pasar una noche ahí, la recompensa lo
valía. A sus papás les inventó una pijamada con una su-
puesta mejor amiga, pobres, fue tan fácil engañarlos que
hasta se sintió un poco culpable, aunque no demasiado.
Después de comer, preparó en una mochila sus audífonos,
un *sleeping bag*, pijama, dos suéteres, cepillo de dientes y
unos chocolates. La noche podía ser divertida, seguro entre
tantos libros habría cosas interesantes por leer.

Para entrar a la biblioteca, una vez que la escuela estuviera cerrada, le dejaron una serie de instrucciones escri-
tas. Ana cumplió todo y no le fue difícil llegar, el hecho de
que ese día fuera luna llena facilitó las cosas. Cuando finalmente logró irrumpir a la biblioteca, le sorprendió que

hiciera más frío adentro que afuera.
Se cubrió con dos suéteres y se puso
a buscar el mejor espacio para insta-
larse. En la mesa central, *Las Viudas*
le habían dejado una fresa cubierta de
chocolate y una carta. Mientras se comía
la fresa, leyó la carta. En ella le advertían
que tuviera cuidado con el fantasma de la biblioteca, le explicaban que, aunque no se lo habían dicho
en persona, dos niñas habían desaparecido en esa biblioteca años atrás.

Ana supuso que la querían asustar y terminó con la
fresa de un bocado. Tomó varios libros que consideró interesantes y se sentó a leer en su sleeping bag. Entonces escuchó un ruido. Algo había caído, supuso que algún libro
que ella misma había movido cuando tomó los que tenía

consigo. Decidió no levantarse e intentó volver a leer. Sin embargo, algo volvió a sonar, ahora parecía como si algún objeto pesado se arrastrara. Decidió ponerse de pie y se acercó a la zona de la biblioteca de dónde provenía el sonido, pero no vio nada. Al acercarse más, sin embargo, descubrió ceniza en el piso y pudo percibir olor a cabello quemado.

Volvió a su lugar un poco confundida sólo para descubrir que sus cosas ya no estaban ahí. Entonces sí sintió miedo. Por un segundo albergó la esperanza de que *Las Viudas* le estuvieran jugando una broma y les gritó que era todo muy gracioso, pero necesitaban mucho más que eso para espantarla. Sólo que nadie respondió. Entonces un minúsculo temor se filtró en su cabeza, ¿y si la prueba era mentira?, ¿Si en realidad ellas querían deshacerse de Ana pues la veían como una amenaza?, ¿Y si era cierto que dos niñas habían desaparecido en esa biblioteca antes?

Intentó calmarse, dejar de pensar, se sentó en la alfombra y logró reducir la intensidad de los latidos de su corazón. El frío había aumentado y era casi insoportable.

Entonces escuchó algo muy cercano a ella, parecía ser la respiración de un anciano. Ana se echó a correr tan fuerte como pudo, no pensaba pasar la noche en ese espacio. Alcanzó la entrada, pero estaba cerrada por fuera, no había modo de salir por ahí.

Desesperada se acercó a las ventanas y descubrió que no sería fácil romper esos vidrios. En su cabeza buscó una alternativa para huir cuando vio una sombra moverse entre los libreros. En ese momento, el verdadero miedo la invadió, se dejó caer, oprimió sus piernas y se hizo bola. El ruido de pasos y la madera rechinando se le acercaba cada vez más mientras que ella cerraba los párpados con fuerza. Cuando el sonido parecía indicar que la presencia estaba a su lado, Ana lanzó un fuerte grito y después nada más se escuchó.

Ante el silencio abrió los ojos y lo primero que vio fue a las tres viudas a punto de reírse. En ese momento, las tres soltaron francas carcajadas. Ana se enojó muchísimo, no podía hablar del coraje, además las tres llevaban un ridículo maquillaje de fantasmas lo que hacía aún más ridícula la escena. Una vez que pararon de reír, la ayudaron a levantarse y entonces le dijeron que no era necesario que pasara toda la noche en la biblioteca, había superado esa prueba, pero aún había otra y le preguntaron si estaba dispuesta a aceptarla.

Ana dudó, el enojo no había desaparecido del todo, las miró y pensó que no iba a echarse para atrás después de eso, por lo que decidió aceptar. Juntas caminaron hacia el sótano, donde guardaban los libros más antiguos. El techo era bajo, aunque no tanto como para que se tuvieran que agachar al entrar. A Ana la sorprendió ese lugar, el fuerte olor a humedad, pero más le impresionó ver un montón de velas gastadas en el piso. Elvira apagó la luz, Ivonne y Vanessa encendieron las velas, luego las tres se acomodaron de frente formando un triángulo y al final pidieron a Ana que ocupara el centro.

Tú vas a maquillarte mientras nosotros nos desmaqui-llamos, le dijo Vanessa a Ana. Ella tomó el estuche y comenzó a colocarse sombras. Mientras avanzaba, las otras se removían sus maquillajes de fantasmas. Entonces fue que un olor repugnante comenzó a inundar el sótano. Ana intentó ignorar el aroma, pero pronto era tan insoportable que miró a sus amigas para comprobar si ellas también olían y entonces notó que las tres niñas eran ahora tres ancianas. Sus pieles arrugadas colgaban de las barbillas, sus manos temblaban y los cachetes manchados pendían de sus rostros como sábanas al sol. Dos de ellas tenían cataratas en los ojos que apuntaban directo hacia Ana.

En ese momento una serie de voces quebradizas comenzaron a sonar: "Este es nuestro secreto. Y éstas quienes somos. Sumamos varios cientos de años. Somos como un guante al revés. Tú puedes ser eterna como nosotras. Nada es casual, mentiste y llegaste acá, por algo". Ana las miraba y escuchaba las voces a pesar de que ninguna abría la boca. "Es el tiempo de las nuevas brujas, ¿quieres ser parte de esto?".

Ana se quedó inmóvil cuando las voces callaron. Pensó en sus papás, en su antigua escuela, en sus amigas viejas y en las nuevas. Respiró profundamente y afirmó: quiero ser una de ustedes. En ese preciso instante su piel comenzó a arrugarse como un papel que se quema. Su cabello se encaneció súbitamente. La espalda se le encorvó y el resto de su cuerpo envejeció como una fruta que está a punto de podrirse. Mientras eso sucedía, su imaginación e inteligencia se expandían, y ella reía fascinada, nunca se había sentido tan bien en su vida. Su sonrisa se sumó a las de las otras tres ancianas. Las cuatro se tomaron de las manos arrugadas y en ese preciso instante la ceremonia comenzó.

OFELIA NO PUEDO OCULTAR LA SONRISA que se mantenía en su rostro tras concluir este cuento. Seguramente habría seguido riendo por más tiempo, de no ser porque notó algo peculiar en la mirada de Tétrica. A pesar de que era una muñeca reservada, sus ojos parecían más tristes de lo normal, por lo que se le acercó con cuidado. Iba a levantarla cuando notó la razón del rostro meditabundo. En su faldita había un minúsculo dientecito que seguramente se le había caído durante el cuento anterior.

En la habitación de Ofelia, los dientes tenían un lugar muy especial. No eran pocas las historias dedicadas a estas partes del cuerpo, y ella regularmente soñaba con dientes de todos tamaños, monstruos de enormes colmillos o incluso criaturas conformadas por muelas. Para ella la caída de un diente era un evento importantísimo. De hecho, tenía una libreta pequeña con puras historias en torno a dientes. Tras buscarla y leer varias opciones, supo el cuento que contaría, pero antes, realizaría la ceremonia.

De su ventana tomó una maceta pequeña y en la tierra comenzó a cavar un pequeño agujero ayudada con su dedo índice. Cuando consideró que era lo suficientemente profundo, retiró su dedo y arrojó el dientito que cubrió cuidadosamente. Luego devolvió la maceta a su ventana. Miró las otras flores que había crecido de la misma manera. Esperaba que algún día, de alguna de esas plantas, brotara un diente como un fruto.

Concluida dicha ceremonia, se dispuso a narrar el cuento de Darío, ese que se llamaba...

EL BESO
DE LA
ABUELA

S e dice que, si alguien llama a tu casa después de la medianoche, algo malo sucederá. Eso lo comprobaron Darío y su papá cuando un martes, a las 12:25, el timbre de su departamento sonó. Ambos dormían tan profundamente que tardaron en reaccionar. Fue el papá quien finalmente se levantó y, adormilado, preguntó quién era.

—Ábreme hijo, soy yo —respondió la abuela de Darío.

El padre abrió la puerta y se encontró con su madre, una tierna anciana muy sonriente, acompañada de dos maletas.

—Déjame pasar, ¿no ves que tengo frío?

Mientras la abuela tomaba una taza de té, les contó que en su casa se había roto una tubería provocando una tremenda fuga de agua. El plomero comenzaría a trabajar desde la mañana siguiente, pero ella debía permanecer fuera del departamento, al menos, por un par de días. Se sentía apenada pero no tenía a dónde ir. El papá de Darío le dijo que se podía quedar el tiempo que quisiera. El nieto, emocionado por la inesperada visita de la abuela, propuso que ella ocupara su cama mientras él podía dormir en un catre, serían como unas pequeñas vacaciones.

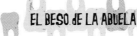 

—Qué grande estás —dijo la abuela a Darío ya instalada en la habitación—, imagino que se te habrán caído todos los dientes de leche.

—No, aún me faltan dos.

Darío señaló dos dientes y la abuela se acercó para tocarlos.

—¿Sabías que el último diente que se te cae es el más importante?

Mientras hablaba, sacó unas pequeñas veladoras y un paquete de cerillos.

—Quisiera rezar un poco antes de dormir, espero no te moleste.

—No, claro que no.

La abuela encendió una de las veladoras con pulso tembloroso.

—Manías de vieja. No puedo dormir si no rezo.

Darío iba a comentar algo cuando lo sorprendió el fuerte aroma que las veladoras desprendían.

—¿Seguro no te quieres dormir conmigo?

—No, abuela, gracias.

—Bueno, ven, te voy a dar tu beso de las buenas noches.

Tras recibir aquel beso, Darío volvió a su catre y se dejó caer en él. Hubiera querido platicar con su abuela, pero le fue imposible decir nada, el olor le provocó un sueño tal que lo aplastó y no fue capaz de moverse, ni hablar, ni escuchar nada más.

Al día siguiente, desde que despertó se sintió agotado, como si no hubiera descansado. Por la mañana, en la escuela estuvo como ausente, en las clases fue incapaz de poner atención y ni siquiera en deportes pudo concentrarse. Supuso que por la tarde se repondría, pero con su abuela en casa, no fue fácil dormir por lo que intentó jugar cartas con ella.

Sin embargo, tampoco en el juego lograba estar atento, ya que el fuerte aroma de las veladoras parecía emitirlo también su abuela y eso lo distraía. Y aunque se fue a dormir temprano, otra vez no logró descansar bien. Incluso ahora, un intenso dolor de cabeza había aparecido.

Al otro día, en el colegio se quedó dormido en una clase, algo que jamás le había pasado. Durante el recreo se la pasó platicando con Mariana y Lucía, unas gemelas que eran buenas amigas suyas y que siempre hablaban de fantasmas, que según ellas podían ver. Les contó de su abuela y ellas le dijeron que probablemente las veladoras eran las que provocaban ese sueño tan raro que tenía.

Por si acaso, Darío no volvió a dormir en su cuarto. Inventó que el catre le daba dolor de espalda y que prefería dormir en la cama con su papá. Además, la presencia de su abuela por las noches cada vez lo inquietaba más. Algo lo repelía y no podía evitarlo, la quería, pero cuando estaba a su lado, sentía la necesidad de alejarse. Además, le parecía que cada día se veía más vieja y lo peor era que siempre estaba insistiendo con el tema de los dientes y eso a él ya lo había hartado.

Una noche, Darío le platicó a su papá lo que sentía, él lo escuchó atento, achacó el cambio de humor de su madre a la edad. Le explicó que los órganos del cuerpo envejecen con el tiempo, no es lo mismo un pulmón de doce años que uno de ochenta, ni tampoco un corazón o un cerebro, la lucidez de su abuela estaba menguando y eso era natural, por eso le pidió que tuviera paciencia con ella.

A Darío la explicación le sonó lógica y se prometió tener paciencia. Se fue a dormir, aunque despertó por la madrugada debido a un molesto sonido, era como si alguien moliera piedras en su cuarto. Quiso decirle a su papá, pero él dormía tan profundamente que prefirió no despertarlo. Quiso pensar en otra cosa y se acordó de Mariana y Lucía, recordó su plática y otras pláticas pasadas con ellas, entonces una idea se le apareció de forma súbita: ¿Y si su abuela tenía una hermana gemela y la que dormía en su cama, era su tía abuela?, ¿sería eso posible? Buscó en cada acción de su abuela indicios que la delataran y reunió varios sospechosos.

Al día siguiente, sintió que un diente se le había aflojado y se incomodó de pensar en su abuela tocándolo. Recordó su teoría de la noche anterior y antes de irse a la escuela, llamó al teléfono fijo de su abuela esperando que ésta le respondiera, pero, aunque lo intentó varias veces, nunca nadie contestó.

Pasaron dos días, Darío estaba confundido y de pronto ya no tan convencido de la teoría de su abuela gemela. Como última opción, durante una comida, le preguntó sobre la fuga de agua de su departamento. La abuela respondió que se había complicado el trabajo por lo viejo del edificio y que se debía quedar otros días, insinuó que si su presencia generaba algún problema ella se podía ir a un hotel. El papá respondió que de ninguna manera al tiempo que Darío bajó su mirada derrotado.

Parecía que no podría hacer nada hasta que un día, al volver de la escuela, aprovechando que ella no estaba en el departamento, él sabía que tenía poco tiempo y corrió a su cuarto. Lo recibió el olor terrible de las veladoras por lo que aguantó la respiración. Con miedo a ser descubierto abrió una de las maletas de su abuela, pero sólo encontró ropa, suéteres y pantuflas. Decidió revisar la otra y al abrirla se llevó una sorpresa cuando vio que todo su contenido eran dientes. Muchos conservaban restos de sangre o raíces, algunos estaban rotos o amarillos, también había muelas con

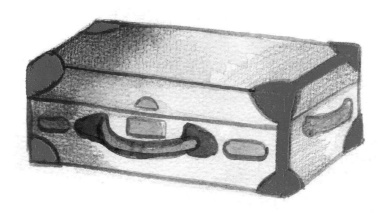

caries. Metió su mano y tomó un puñado de dientes justo en el instante en el que se abría la puerta de la casa.

—¡Trajimos una pizza para comer! —gritó su papá.

Darío dejó los dientes, cerró la maleta y salió corriendo de su cuarto. Encontró a su abuela con una sonrisa que le pareció siniestra, pues algo no sonaba bien y es que, ¿a qué abuela le gusta la pizza? Darío tenía miedo y no se separó de su papá desde ese momento. Mientras comían, no lograba sacudirse la imagen de los dientes en la maleta. ¿Para qué quería eso su abuela? Buscaba alguna explicación cuando sintió que uno de sus dientes flojos se desprendía de su encía. Lejos de alegrarse, un miedo súbito lo invadió y la boca le supo a sangre. Se concentró en no mirar a los ojos a su abuela, creyó que ella podía descubrir que el diente ya no estaba en su lugar. Con trabajo

77

sostuvo el diente con la lengua y en un movimiento rápido logró guardarlo en una servilleta.

Luego anunció que iba a bañarse y se encerró en el baño. Afuera se escuchaban las voces de su padre y su abuela platicando. Él no sabía qué hacer y tenía mucho miedo. Para no despertar sospechas, abrió la llave y mientras el agua caía revisó su diente. Entonces tocaron a la puerta.

—Cuando termines —la voz de la abuela sonó más rasposa esta vez— te quiero dar tu beso de las buenas noches.

Darío comenzó a respirar más rápido e, involuntariamente, apretó su puño con el diente dentro.

—No me tardo.

Se metió a bañar y tardó tanto como le fue posible, luego cerró la llave y se puso la pijama. Salió con las manos libres pues llevaba el diente escondido en el resorte de la pijama. Se llevó una sorpresa cuando descubrió que en el comedor ya no estaban ni su papá ni su abuela, el silencio en el departamento lo angustió todavía más. En ese momento sonó el teléfono y Darío dio un brinco.

—Bueno —contestó.

—¿Darío?

Al escuchar eso, a Darío se le fue la voz al estómago, sintió que el corazón se le detenía y un sudor helado le brotaba desde la nuca.

—Soy tu abuela, Darío, ¿no me reconoces? Vi que me marcaron, pero salí unos días de la ciudad, ¿pasa algo?

Darío soltó el teléfono y logró correr al cuarto de su papá. Una vez ahí se encerró con seguro. De inmediato notó el aroma de las veladoras y descubrió a su papá acostado boca abajo, dormido junto a dos veladoras prendidas. Rápido corrió a apagarlas y de inmediato corrió a abrir las ventanas para que el olor se escapara. Junto a la ventana respiró profundamente.

—¡¡¡Ábreme!!! —gritó una voz grave que ya no era la de su abuela.

Darío intentó despertar a su papá, pero estaba tan dormido que parecía inconsciente. Con temor, tomó su diente y se acercó a la puerta.

—¿Quién eres?

—Puedo oler ese diente. Lo necesito. Y quiero más.

Darío pensó en asomarse por la mirilla de la puerta para ver al otro lado, pero tuvo miedo.

—Tú no eres mi abuela, ¿quién eres?

—¡Dame tus dientes!

Darío oprimió su diente y se dirigió a la ventana. Se disponía a arrojarlo, cuando afuera del cuarto se escuchó un rugido agudo y los objetos del interior se sacudieron tras un temblor intenso. Él sintió un dolor similar a una descarga eléctrica en la encía, luego miró a su papá y notó cómo él también comenzaba a retorcerse.

En ese instante, de la encía de Darío, comenzó a brotar sangre. Tras limpiarse un poco, tomó su diente y se lo quedó viendo. Era muy blanco, parecía una pequeña bala de mármol. Volvió a mirar hacia la ventana y otra vez el espacio se sacudió. El piso tembló de tal forma que Darío se cayó y soltó el diente. La puerta cada vez se agitaba con mayor fuerza y estaba a punto de abrirse, cuando Darío alcanzó el diente, sin embargo, al tocarlo sintió que perdía el conocimiento.

Al día siguiente, Darío dormía profundamente y su papá despertó primero. Nada extraño parecía haber sucedido. El

papá se levantó y no se enteró de nada, lo único raro que notó fue que la abuela ya no estaba, ni sus maletas tampoco. Se extrañó y pensó que tal vez su hijo sabía algo por lo que decidió despertarlo. Darío tardó en reaccionar, estaba muy adormilado, pero, además, sentía un fuerte dolor en la boca que se tapó con las manos. Al abrirla frente a su padre, éste se sorprendió pues Darío había amanecido sin ninguno de los cuatro dientes frontales.

TERMINÓ PASADAS LAS TRES DE LA MADRUGADA. El frío
era más intenso por lo que se colocó una mantita en
la espalda. Guardó el diario terminado en su librero,
junto al resto. Después decidió buscar un cuaderno
para comenzar su nuevo diario. Le gustaba que cada
uno fuera diferente. Así tardó varios minutos hasta
que tomó el que consideró más adecuado. Un cuaderno
pequeño de espiral y gruesas hojas blancas, su favorito,
pues en él podía dibujar y los trazos, por más fuertes
que fueran, no se pasaban de una hoja a la otra.

Sin embargo, aunque ya tenía cuaderno, no sabía
cómo iniciarlo. Reunió otra vez a todos sus juguetes
y decidió mejor buscar en su baúl de cosas raras, por

algún objeto que le diera la idea para un cuento. De
este modo se hincó frente al baúl y lo abrió. Comenzó
a sacar objetos variados como un frasco con lágrimas,
un estuche con uñas recortadas, dos canas que se había
encontrado alguna vez en el cabello, aretes, piezas de
rompecabezas perdidas, un corcho y otras cosas. Pero
un objeto detonó su imaginación como ningún otro.

Era un globo gris desinflado, un fragmento de
plástico que parecía un pellejo abandonado. Aunque
para Ofelia ese fragmento era la materia con la
que están hechos los sueños, los cuentos, y mejor
aún, los cuentos negros. Como el cuento de Mariel
y su historia, llamada claro...

# EL GLOBO GRIS

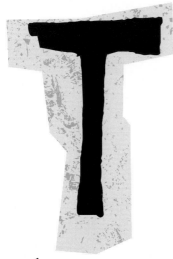

**T**odos los niños esperan el recreo para gritar, jugar y hacer cualquier tipo de escándalo. Mariel, en cambio, prefiere pasar esos minutos en silencio. A ella no le gustan las multitudes ni el ruido, además se considera experta en encontrar rincones silenciosos dónde pasar los recreos. Desde pequeña aprendió a localizar lugares olvidados donde nadie quería estar. Una bodega de balones fue su refugio durante el kínder, de ahí pasó a un salón de química y luego a una bodega de pupitres rotos. Le gustaba alternar esos espacios y se divertía mucho descubriendo nuevos.

Por eso se emocionó tanto con la noticia que tenía conmocionados a compañeros y maestros. Y es que, por fin, tras muchos años de negociaciones, el patronato había podido comprar la vieja casa abandonada que se encontraba junto a su escuela. Según los planes, se derrumbaría y se construiría un moderno gimnasio. La noticia emocionó a Mariel porque supuso que al fin podría explorar aquel viejo caserón.

Desde mucho tiempo atrás, en su cuaderno había dibujado el interior de la casa como la imaginaba. Según su imaginación, el espacio tenía enormes jardines, exteriores e interiores, además de varios tragaluces coloridos que pintaban los pisos de madera tan limpia como cristalería. Para la planta baja soñaba una cocina de mármol blanco con estufa de leña, y en la sala una enorme chimenea sobre la que descansaba el cuadro de unos caballos corriendo al atardecer.

La realidad, sin embargo, era que nunca la había visto por dentro. Una barda muy alta separaba la casa de la escuela. La única posibilidad para entrar era rodear un pequeño terreno baldío, alcanzar un árbol, subirlo, y tal vez desde allá arriba, brincar al otro lado. A Mariel esa opción le daba miedo, pero ahora que las circunstancias cambiaban con la compra del terreno, sabía que era su última oportunidad de conocer el espacio antes de que lo derrumbaran.

Así llegó finalmente el lunes elegido, en cuanto sonó el timbre del recreo, cruzó la escuela, rodeó el terreno, alcanzó el árbol y a pesar del miedo, lo trepó. Grandes nudos en el tronco le permitieron asegurar manos y pies, y subió sorprendida al notar que no era tan difícil escalar. Al llegar a la parte más alta, se dio cuenta de que, para llegar al otro patio, no tendría que brincar pues del lado de la casa había una serie de ladrillos que le permitirían bajar fácilmente.

Cuando al fin descendió, contempló aquel espacio extraño. La casa que tantas veces había imaginado dentro de su cabeza en nada se parecía a la realidad, pues su estado era más que deplorable. Y aunque el jardín estaba en ruinas, la aventura recompensaba la falta de belleza, así que decidió avanzar. El escándalo del recreo en su escuela le sonaba lejano, como si ocurriera en otra realidad. Llegó así a la entrada y se emocionó cuando notó que la puerta principal estaba abierta.

En cuanto cruzó la entrada, se detuvo de golpe. Sintió una mala corazonada, como si despertara dentro de un sueño, pensó en regresar y detuvo sus pasos. Estornudó. Se justificó pensando que la sensación de incomodidad era consecuencia de su alergia al polvo, miró su reloj y confirmó que aún tenía veinte minutos antes de que sonara la campana, así que resopló y entró al interior.

Por dentro, aquel lugar lucía mucho peor que la fachada. Costras de pintura retorcida colgaban del techo. El polvo lo cubría todo, la humedad avanzaba dejando zonas negras que parecían siluetas de sombras en peleas salvajes. Restos de tapiz podrido y quemado por la luz del sol cubrían a medias las paredes. El piso que soñaba de madera era cemento con charcos de agua sucia. Todo olía a humedad, no había ni muebles, ni focos en las lámparas. Mariel

contempló la posibilidad de regresar, cuando de pronto, encontró algo que llamó su atención.

Al centro de una habitación había un globo gris flotando. Tenía un listón blanco y se mantenía suspendido en el aire sin tocar el suelo ni el techo. A diferencia del resto de la casa, el globo lucía tan nuevo y brillante que incluso reflejaba su entorno. Mariel se acercó confiada y, tras verse en el reflejo, no pudo evitar la tentación de tomarlo del listón. Fue entonces que todo a su alrededor se transformó. El sucio espacio se convirtió en una majestuosa mansión sin una partícula de polvo, cortinas transparentes cubrían las ventanas mientras un montón de objetos preciosos adornaban los libreros que llegaban al techo.

Sin soltar el listón, rozó con su otra mano un mantel que le dejó un aroma perfumado. Fue tal el impacto del olor que soltó el listón provocando que volviera la casa sucia invadida por la penetrante peste a humedad. Mariel se sorprendió de lo que había sucedido, frente a ella flotaba el globo y su listón apenas se movía. Al tomarlo nuevamente, volvió a aparecer en el espacio hermoso que apenas había dejado. Más confiada y sin soltar el listón, cruzó el resto de la casa sólo para confirmar que la majestuosa belleza continuaba en el resto de las habitaciones.

Sus pies se hundían en alfombras que parecían no haber sido pisadas jamás. Las ventanas dejaban ver jardines preciosos. Subió una escalera magnífica y, cuando llegó al segundo piso, escuchó la voz de un hombre:

—Bienvenida, amiga.

Mariel giró y vio en el marco de una puerta a un anciano con lentes, vestido con ropa de invierno, mirándola. Ante el impacto soltó el globo y nuevamente apareció en la casa vieja. Iba a tomar otra vez el globo cuando sonó el timbre de fin de recreo. Sin pensarlo demasiado, corrió para cruzar la barda y llegar a su salón antes de que notaran su ausencia.

Después de ese día, no se atrevió a brincar la barda. Tenía ganas de volver, aunque el miedo al anciano era más fuerte. Pasó varios recreos en la biblioteca dibujando la casa y sobre todo el globo gris. Era tal su obsesión, que los dibujos del globo se colaron en todos sus libros, cuadernos y hasta en sus sueños. En el fondo sabía que volvería a ir, sólo era cuestión de tiempo.

Así llegó el momento en el que se atrevió a volver. Esperó el día, aguardó el recreo, trepó el árbol, bajó la barda, cruzó el jardín, entró a la casa y subió las escaleras. El globo

seguía suspendido en el mismo espacio, flotando a la misma altura. Mariel se acercó con las manos sudadas y tomó el listón. De inmediato su entorno se transformó y apareció el lugar especial. Aunque también estaba ahí el viejo, en la misma habitación de la que había surgido.

—Volviste, qué bueno, mira, ven.

El viejo se metió a una habitación y Mariel lo siguió.

Esa parecía ser la habitación más grande de toda la casa, pero no fue el espacio lo que llamó su atención, sino la decoración, pues aquello parecía una juguetería, la más increíble del mundo. Había toda clase de figuras de madera tallada.

—Puedes tocar lo que gustes, son juguetes, no es un museo.

Mariel se aproximó a la figura que más llamó su atención: dos niñas en un columpio que lucían tan reales que sus faldas parecía moverse con el viento.

—Me llamo Basilio y soy juguetero.

El viejo extendió su mano y Mariel la estrechó. Por la textura rasposa de su piel, era claro que era él quien había tallado esos juguetes.

—Mira, mi nuevo trabajo.

El juguetero le mostró la figura de un niño comiéndose un helado, había pintado la bola de rosa y parecía un helado de fresa. Mientras ella admiraba el trabajo, el viejo se bajó los lentes y la miró.

—¿Cómo te llamas?

Mariel sonrió y dijo su nombre. Inmediatamente después, el juguetero dejó lo que estaba haciendo y se acercó a un cajón.

—Te regalo algo más.

Tomó un viejo tubo y se lo entregó.

—Es un caleidoscopio muy especial, te permite ver como ven las catarinas.

Mariel sonrió y tomó el caleidoscopio, asomó un ojo, y aunque lo único que vio fueron papeles recortados, le gustó el gesto.

—¿Me lo puedo llevar a mi casa? —preguntó.

—Es que tiene una falla, me gustaría hacerle un ajuste, pero puedes venir por él mañana.

Mariel aceptó, al ver su reloj se preocupó por la hora, se despidió y soltó el globo. El timbre para finalizar el recreo había sonado y aunque corrió llegó un poco tarde a su salón.

Al día siguiente, cuando quiso cruzar la barda se encontró con que un grupo de trabajadores habían comenzado el proceso de limpia del terreno. Cerraron el paso con cintas amarillas y no se podía llegar a la barda. Mariel se puso muy triste pues era imposible volver a trepar con ellos ahí. Toda la semana lo intentó, pero no era posible. Fue una semana después, mientras los trabajadores se ocuparon de otra zona de la casa, que pudo entrar.

Brincó sin importarle el tiempo, tenía que hablar con el juguetero. Si la castigaban no le importaba, inventaría cualquier cosa. Entró a la casa corriendo y subió las escaleras, llegó al cuarto temiendo que no estuviera el globo, pero en cuanto cruzó la puerta lo encontró flotando tan brillante como siempre. Agitada por la carrera lo tomó y la transformación volvió a suceder, se encontró de nuevo en la juguetería, el juguetero estaba dibujando y la recibió con una sonrisa.

—Pensé que ya no volverías —le dijo.

—Es que quieren tirar esta casa

A Mariel se le quebró la voz.

—¿Quieres tu regalo? —preguntó el juguetero.

Ella afirmó y él le dio el caleidoscopio. Cuando lo miró esperaba ver otra vez papeles recortados, pero lo que vio la dejó fascinada. No sabía lo que le había hecho al interior, pero aquello se veía como algo distinto, se apreciaban objetos flotando en varias dimensiones y de colores increíbles, tal vez era cierto y así era como veían las catarinas.

Al notarla tan impactada, el juguetero comenzó a dibujarla.

—¿No te molesta que te dibuje?

Mariel se separó del caleidoscopio.

—No.

El juguetero la miraba.

—¿Podrías ver otra vez?

Ella lo hizo y él siguió dibujándola. Sus trazos eran tan realistas, que el dibujo parecía una foto.

—Te ves muy linda en esa posición, si quieres puedes soltar el globo.

Mariel se sorprendió, pero la seguridad con que le habló el juguetero la convenció.

—No te preocupes, no volverás a la casa vieja.

Mariel le creyó, soltó el globo y en efecto se mantuvo en la casa hermosa.

Superada la sorpresa se sintió cansada y quiso cambiar de posición, pero entonces notó que no podía moverse. Quiso decir algo, pero su voz no salió de su boca. Intentó preguntarle al juguetero, pero él seguía dibujando. Al terminar, se acercó a su mesa de trabajo y tomó una pieza de madera. Mariel veía todo sin poder hacer ni decir nada. El juguetero talló rápidamente la figura de Mariel viendo por el caleidoscopio. El parecido era increíble, incluso sus minúsculas pecas podían apreciarse. Entonces apareció por la puerta un niño gordo que llevaba un globo azul sostenido por su listón. El juguetero dejó la figura de Mariel un segundo, y dirigiéndose al niño recién llegado le dijo:

—Bienvenido, amigo.

TERMINÓ ESE CUENTO Y VOLVIÓ A SU NUEVO DIARIO.
Aún no sabía cómo iniciarlo. Acercó la punta de la
pluma a unos milímetros de la hoja pero se detuvo
antes de tocarla. Por alguna razón extraña, Ofelia no
tenía deseos de comenzar un cuento nuevo, lo que
deseaba era hablar un poco de lo que era para ella
escribir historias de terror. Una vez que tuvo eso claro,
se puso a garabatear algunas ideas que iba
compartiendo en voz alta con sus juguetes.

Lo que más disfruto de escribir para ustedes,
mis queridos juguetes, es construir las historias en
mi cabeza, que primero surgen como una maraña
de nudos sin significado, luego, debo desenredarlas
pacientemente. De alguna forma, mi cabeza está
llena nudos y me encanta desanudarlos para darles el
resultado final. Cuando no lo logro, es como cuando
queda un pedacito de comida en la boca y molesta.

Además, creo que mi trabajo no es excepcional. Yo sólo soy una puerta, o una venta, o un portal que permite pasar las historias de otro parte del universo a este. Creo que las historias son infinitas y todos tenemos la capacidad de crear, sólo que unos nos ocupamos de ello y otros no, ya que tienen otros intereses.

Las personas, a veces pienso, somos como árboles y cuando creamos una historia, es como si diéramos un fruto.

Ofelia sonrió y dejó la pluma, luego se acercó a la ventana. Los suaves rayos de luz comenzaban a rozar las puntas de los árboles más elevados. Todavía le quedaban dos cuentos por contar, así que se concentró. Comenzó a contar la historia de una hermana y un hermano muy conflictivos, el terrible cuento de...

LA VENGANZA MALDITA

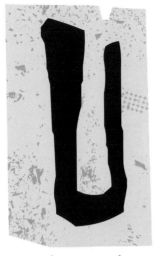na cosa es definitiva, si el tiempo que pasan peleando Enrique y Luisa, lo emplearan en apilar ladrillos, seguro hace mucho habrían terminado una ciudad completa de altísimos edificios. Y es que ellos son profesionales del pleito, pues todo el día están en conflicto, porque sí, porque no, porque tal vez, por la luz o por la oscuridad, porque vuela la mosca, o si no, discuten el porqué de que nunca haya volado. Si algo saben estos hermanos es pelear.

Y aunque Luisa es menor, a base de tantos pleitos ganados y perdidos, ha aprendido a defenderse y en no pocas ocasiones sale vencedora de los conflictos. Así pasó una noche previa a la navidad, en la que a Enrique lo castigaron porque había arrojado por las escaleras a *Jonathan*, un bebé de plástico de Luisa, que ella adoraba y que repetía, cuando le oprimías el estómago: *mamá, te quiero*.

Enrique, quedó resentido por lo que él consideraba una injusticia. Argumentaba que eso había sucedido porque ella antes le había hecho otra cosa peor, aunque ya era tal el hilo de venganzas, que no supo decir cuál. Trató de defenderse, pero sus papás fueron implacables. En silencio aguardó para vengarse. Tuvo oportunidades pequeñas, pero paciente esperó a que llegara el momento de derrotar a su hermana a lo grande. Pasó el tiempo hasta que el destino le dio al fin un chance cuando Luisa invitó a sus amigas a una pijamada en casa.

Desde que supo de la noticia, Enrique adivinó que aquella noche podría ser su noche de venganza e ideó un plan épico. Él mismo sugirió a su mamá que pidieran pizzas para cenar y las niñas estuvieron encantadas con la propuesta. Habían mordido el anzuelo. Mientras esperaban frente a la televisión, Enrique se cubrió con papel de baño hasta quedar como momia y salpicó su cuerpo con pintura roja simulando sangre. Mientras ellas cenaban, se metió en el closet de Luisa para esperar el momento adecuado para provocarles un susto memorable.

Tras terminar las pizzas, las cinco niñas se encerraron en el cuarto de Luisa. Mientras unas se lavaban los dientes, otras brincaban en la cama o jugaban con *Jonathan*. Enrique, a través de la puerta del closet, miraba todo pacientemente. Cuando una de las amigas propuso un juego de mesa que estaba guardado en el closet, Luisa se acercó, Enrique sonrió con maldad pura, aflojó sus brazos, estiró sus piernas, preparó su garganta y en cuanto ella abrió la puerta, él brincó acompañado de un grito aterrador.

Las invitadas recibieron el susto de su vida. Dos de ellas hasta lloraron, lo que provocó que Luisa se llenara de ira. Enrique podía meterse con ella, pero sus amigas eran algo aparte. Mientras las risas de Enrique se elevaban en intensidad hasta llegar a ser escandalosas carcajadas, Luisa sintió un tremendo coraje contra su hermano. Por eso, sin dudarlo gritó con toda su fuerza:

—¡A Enrique le gusta Pili y tiene la foto de su anuario, llena de corazones!

Luisa nunca había vista la cara que Enrique puso tras escuchar ese grito. Palideció y su mirada se quedó congelada. Pili, que era una de las invitadas, se sorprendió también. Los llantos de las demás niñas comenzaron a transformarse en risitas de burla que poco a poco aumentaron en intensidad. Enrique hubiera deseado meterse de nuevo en el closet o desaparecer, y más cuando Pili se le acercó con pasos cortos.

—¿Te gusto, Enrique? Pues, sabes... tú a mí no. Preferiría casarme con una cucaracha muerta, fea y con mal aliento, antes que contigo.

Los burlas y carcajadas de todas las niñas rodearon a Enrique como un enjambre de abejas. Él corrió a su cuarto y se encerró. Creyó que nunca más volvería a salir. Se sentía tan humillado que le costaba pensar. Hubiera deseado volver el tiempo para evitar esa humillación. Estaba confundido, su cabeza era un remolino de emociones. Quería vengarse, pero no sabía qué hacer. No aceptó cenar cuando su mamá le ofreció, tenía terror de salir y encontrarse con alguna de las niñas, con Luisa o peor aún, con Pili.

Dieron las nueve, las diez, y a la medianoche él aún seguía despierto. Comenzó a llover y en el momento en que reventó un trueno, se levantó de su cama con la mirada perdida. Se colocó una sudadera y caminó con mucho cuidado hacia el cuarto de su hermana. Entró sigiloso mientras todas las niñas dormían. Tres yacían recostadas en colchones y dos en las camas. Luisa dormía acompañada de *Jonathan*. Enrique avanzó evitando los cuerpos dormidos como si cruzara un campo minado. Alcanzó la cama de Luisa y, con mucho cuidado, le quitó al bebé que rápido cubrió con una almohada para que no sonara por accidente.

Salió del cuarto y caminó por el pasillo con *Jonathan* bajo su brazo. Llegó al jardín cuando la lluvia ya había parado, y con una pala comenzó a cavar un hoyo. Estaba tan agitado que no paró a descansar ni un minuto. Se detuvo sólo cuando el hoyo era lo suficientemente profundo para que *Jonathan* cupiera. Antes de arrojarlo, oprimió su estómago para escuchar por última vez: *mamá, te quiero*. La voz le pareció una súplica y casi se arrepiente, pero al final lo cubrió con un palia- cate, lo arrojó al agujero y lo cubrió con tierra.

Volvió agotado a su cuarto. Además del sudor tenía empapados los cal- cetines, pensó en cambiárselos o al menos quitárselos, pero estaba tan cansado que así se fue a dormir.

Despertó por los llantos de Luisa. No encontraba a *Jonathan* por ninguna parte. Las amigas la ayudaron a bus- carlo, pero fue inútil, no podían entender cómo había des- aparecido. Enrique disfrutó más su venganza cuando escuchó a Pili intentar consolar a su hermana. Durante la mañana las otras amigas se fueron y Luisa se quedó sola. Enrique se sentía bien porque recordaba la humillación de la noche anterior y creía que había vengado su honor. Aun- que físicamente se sentía mal porque le dolían los huesos y presentía que iba a enfermarse de gripa.

El resto del día se fue sintiendo cada vez más mal, aun- que lo peor no era el dolor de cabeza ni los mocos, sino el llanto de su hermana que de pronto dejó de saberle bien. Sus papás buscaron a *Jonathan* por toda la casa y preguntaron a Enrique si sabía algo, pero él negó y mintió asegurando que se sentía mal desde la noche anterior. Por suerte alcanzó a lavar sus tenis y calcetines, de modo que no tenían modo de saber que él era sospechoso.

Debido a la gripa, se la pasó acostado en su cama, medio dormido medio despierto. Por momentos le parecía escuchar: *mamá, te quiero*, o le aparecían los ojos de plástico de *Jonathan* mirándolo. Su papá intentó comprarle a Luisa un muñeco nuevo, pero ella no quiso nada, sólo deseaba a su viejo bebé. Entonces, Enrique comenzó a sentirse peor. Le dolía ver a su hermana así, nunca se había sentido tan mal y jamás pensó que un muñeco de plástico pudiera provocar eso.

No sabía qué hacer. Durmió una siesta, pero soñó con *Jonathan*, sólo que en el sueño, el bebé se había vuelto un gigante que caminaba torpe entre las casas acercándose a él. Despertó empapado de sudor, tenía que desenterrarlo. Esperó a que llegara la noche y, aunque llovía suavemente cuando sus papás se durmieron, sabía que no podía postergarlo. Así que se colocó un impermeable, fue por la pala, salió al jardín y comenzó a cavar de nuevo.

Estaba tan débil que le costó el doble de trabajo que la noche anterior. La tierra estaba mojada y pensó que sería más fácil, sin embargo, no fue así. Cavó y cavó, pero no encontraba nada, era el mismo espacio, pero por más que

cavaba, la pala no chocaba con el muñeco. Tardo casi una hora hasta que al fin encontró algo. El paliacate estaba ahí, sólo que ya no estaba *Jonathan*.

Como reflejo, miró a su alrededor, esperaba encontrarse con la mirada del muñeco entre los arbustos. Estaba todo muy oscuro y no era posible ver nada. Tenía miedo, pero además se sentía mal, le dolía la cabeza y el cuerpo. Era una sensación terrible y desconocida. Volteó al cielo creyendo que su sueño podría cumplirse, que *Jonathan* gigante vendría a aplastarlo. Pero no había nada en la noche más que un cielo estrellado. Volvió a casa envuelto por el miedo.

Cerró la puerta del jardín y sintió que *Jonathan* lo acechaba, ahora desde dentro, bajo los muebles de la sala o detrás de las cortinas. Corrió a su cuarto y se encerró luego de verificar que el muñeco no estuviera debajo de su cama. Se recostó, las pesadillas y el sonido de *mamá te quiero* eran constantes. Intentó dormir, pero al hacerlo gritó de forma involuntaria, lo que provocó que su mamá lo fuera a ver y descubriera que tenía fiebre. En ese momento, Enrique quiso decir la verdad, lo intentó, y al final no se atrevió.

Los ojos preocupados de su mamá casi lo obligan a hacerlo, aunque no tuvo el valor de hablar. Ella le dio un jarabe y lo recostó. Él se sintió un poco mejor por los cuidados, sonrió e intentó dormir, aunque el secreto de su venganza lo inquietaba por dentro. Sólo entonces comprendió que debía decir la verdad, y directamente a su hermana.

Reunió el valor y se puso de pie, se calzó unas pantuflas y caminó hacia el cuarto de Luisa. Mientras avanzaba por el pasillo pensaba lo qué le diría, buscaba alguna justificación a lo que había hecho, aunque resultaba difícil explicar las cosas para no quedar tan mal. Iba tan nervioso por lo que tenía que decir que olvidó por un momento el miedo de que *Jonathan* apareciera. Aunque se había disculpado otras veces con su hermana, siempre había sido obligado por sus padres, y hacerlo por convencimiento propio era muy complicado.

Entró en el cuarto de Luisa, se acercó a su cama y se sentó en la orilla. Ella estaba cubierta como solía dormir y no se le veía el rostro, lo cual pensó que le facilitaría las cosas. Entonces inició su disculpa. Empezó justificando sus acciones por el coraje que ella le había hecho pasar, luego llegó al punto en el que había enterrado a *Jonathan*. Iba a seguir cuando notó que su hermana no respondía. Creyó que estaba dormida por lo que removió la sábana sólo para notar un montón de almohadas debajo las cobijas, entonces escuchó a sus espaldas: *mamá, te quiero*.

Antes de voltear recibió un golpe en la cabeza que lo dejó inconsciente por unos segundos. Al abrir los ojos, además del fuerte dolor de cabeza notó que estaba tirado en piso, atado y con un paliacate cubriéndole la boca. *Jonathan*, el muñeco lo miraba de frente y a unos centímetros de su cara le decía: *A ti, no te quiero*. Enrique intentó desamarrarse, pero era imposible, los nudos estaban apretadísimos. Entonces sintió cómo comenzaron a arrastrarlo por los pies.

No comprendía cómo un muñeco podía tener la fuerza capaz de arrastrarlo. Fue cuando logró girar un poco la cabeza que logró ver que, quien en realidad lo llevaba arrastrado no era *Jonathan*, sino Luisa. Enrique trató de suplicarle, pero por el paliacate en la boca no podía decir nada. Pasaron frente a la habitación de sus padres e intentó gritar, aunque le fue imposible, lo peor era que sabía a dónde iban: al jardín.

Recorrió el pasto mojado arrastrado como un costal. Fue más fácil moverlo en esa parte. Mientras su hermana cavaba, Enrique comenzó a llorar como nunca antes lo había hecho. Vio una serie de momentos en que había molestado a su hermana. Desde que era muy pequeño, en vacaciones, en la escuela, en casa, con familia, por las noches, de día, solos o acompañados. Se sintió mal y no paró de llorar.

Luisa lo vio llorando y se detuvo cansada, entonces preguntó ¿estás llorando? Enrique afirmó. Luisa se le acercó y lo miró por un buen rato. Cargó a *Jonathan* y oprimió su estómago. Se escuchó entonces: *entiérralo*. Luisa se quedó pensativa. Vio al cielo durante unos segundos y al bajar la mirada, volteó a *Jonathan* y en un movimiento rápido le quitó las pilas y arrojó el cuerpo al agujero, luego lo cubrió. Enrique no podía creer lo que veía, las lágrimas aún seguían en sus ojos. No se atrevió a abrir la boca ni siquiera cuando Luisa lo liberó y le quitó el paliacate que lo mantenía amordazado.

Sólo hasta que ambos se dirigían a la casa, Enrique se atrevió a hablar.

—Gracias por perdonarme.

—¿Quién dijo que te perdoné? —respondió Luisa.

—Pensé que amabas a tu muñeco.

—Sí lo amaba, pero…

Luisa se detuvo y se quedó viendo a Enrique.

—Tú eres mi hermano.

Tras decir eso, los dos hermanos entraron a la casa, Enrique por reflejo intentó ganar el paso y entrar primero, pero en ese instante por primera vez, algo lo detuvo y se paró. Le cedió el paso a su hermana y ella entró primero, por primera vez en diez años.

110

Al concluir la historia, Ofelia recordó cómo alguna vez había sentido culpa por una cosa indebida que hizo. La incómoda sensación que le provocó, el malestar y, sobre todo, cuánto se parecía esa molestia a una caries que pica silenciosa en la cavidad de tus encías. Pensaba en eso cuando escuchó, debajo de su cama, un sonido similar al de un suave golpe. Puso atención y volvió a escucharlo, esta vez, en dos en ocasiones seguidas.

Curiosa, se acercó a la cama, levantó la cobija y se agachó para observar. Entonces la miró. Junto a una de las trampas había una tortuga fantasma mordiendo los trapos. La tortuga, al ver a Ofelia, detuvo su masticar y se le quedó viendo con ojos sorprendidos. Ofelia, aunque fascinada por lo que tenía enfrente, dudó, estiró su brazo y tomó a la tortuga. La sostuvo y notó cómo su transparencia permitía ver las palmas de sus manos.

Ella, que siempre había deseado una mascota, no podía estar más feliz. Las dos se miraron por unos segundos para terminar de reconocerse, la tortuga se dejó acariciar el caparazón y después, buscó el piso. Ofelia la dejó y vio cómo con pequeños pasos se alejaba. Caminaba con dirección a la puerta, cuando de pronto, detuvo su andar y volteó a ver a Ofelia. Parecía querer decirle algo, como si deseara que la siguiera.

Sin embargo, aún restaba un cuento negro más, el último de la noche. Ofelia no podía dejar la noche inconclusa y por eso decidió ponerse de pie. Levantó la voz para que la escucharan todos sus juguetes, y así inició el último cuento. Una historia que llevaba por título...

# LA PIÑATA de CRISTAL

**V**ivir sin un teléfono celular no era vida, o al menos eso creía Mariana, que soñaba con tener el suyo propio. Todos sus amigos, primos y vecinos tenían uno, pero ella no. Sus papás argumentaban que aún estaba muy chica, aunque la verdad era que no les alcanzaba el dinero para regalarle un modelo como el que ella quería, uno igual al de su mejor amigo Mark. En lugar de rendirse, Mariana insistió, tanto, que orilló a sus papás a proponer un acuerdo: le regalarían uno, siempre y cuando sacara dieces o nueves en todas sus materias por dos meses.

Aquello parecía una misión imposible, pues sus calificaciones oscilaban entre los sietes, ochos y alguno que otro nueve muy esporádico. Sus papás estaban convencidos de que no lo lograría, lo que les daría tiempo para ahorrar y eventualmente comprar un teléfono. Sin embargo, contra todo pronóstico, Mariana alcanzó el objetivo. Tal era su obsesión que obtuvo dieces en materias que normalmente le costaban trabajo. Así que ellos no tuvieron más opción que cumplir lo prometido.

Fue el papá quien buscó, trató primero en las tiendas regulares, sólo que ahí eran demasiado caros, hasta que al final llegó a una plaza clandestina de teléfonos. Recorrió, sin suerte, varios puestos que parecían sacados de películas de ciencia ficción. Atravesó pasillos sólo para confundirse más. Iba a rendirse cuando alguien le ofreció un modelo que estaba muy de moda en Japón. El teléfono estaba prácticamente nuevo y, como era de segunda mano, resultaba más barato. Aunque el hombre asiático que lo vendía no le inspiraba confianza, el papá sabía que no iba a encontrar algo mejor y cerró el trato.

Mariana recibió su regalo emocionadísima. Abrazó a sus papás y dio de brincos por toda la sala. Al abrir la envoltura brillante se quedó completamente sorprendida pues desconocía aquella marca, y aunque el modelo le gustaba, no conocía a nadie que tuviera un teléfono igual. De todas formas, no le importó demasiado, al fin tenía un celular, cargó la batería y decidió que llamaría primero a su amigo Mark.

Pasaron más de dos horas hablando hasta que sus papás le pidieron que colgara. Ella accedió de mala manera, como las clases estaban por terminar ya no había tareas. Pidió permiso de usar su teléfono sin hablar, así pasó la tarde descifrando las funciones de ese modelo, como no tenía instrucciones y con el japonés como idioma principal, no le fue fácil. Tardó unas horas hasta que poco a poco descubrió cómo tomar fotografías y retocarlas, envió mensajes, descargó aplicaciones e incluso aprendió a usar algunas funciones desconocidas.

Cuando al final lo dejó los ojos le lloraban. Ya era de noche, estaba cansada, se puso la pijama y se recostó.

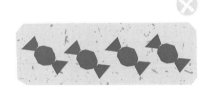

Se disponía a dormir cuando le llegó un mensaje. Supuso que se trataba de Mark, así que tomó el teléfono y leyó: *número desconocido.* Abrió el mensaje que sólo incluía cuatro emoticones de dulces. Creyó que alguien se habría equivocado, no le dio importancia, apagó el teléfono y se durmió.

Al día siguiente, fue la locura en la escuela. Mark, que era experto en celulares, se quedó impactado por la memoria de ese modelo, además de la calidad de las imágenes y las aplicaciones raras; él tampoco conocía esa marca y a pesar de que la buscó en línea, sólo encontró unas páginas en japonés. Todos creían que a sus papás les había costado una fortuna, Mariana no dijo nada, se sentía orgullosa de poseer el mejor teléfono del salón, tal vez del grado y quizá de la escuela.

El resto de la mañana, ella y Mark se tomaron fotos y videos. Mariana guardó los números de sus compañeros y como terminaba el curso, grabó varias despedidas. Volvió a casa más enamorada que nunca de su teléfono. A sus papás apenas les dirigió la palabra, como pasó la tarde pegada a él, la amenazaron con castigárselo o limitar los tiempos de uso. Mariana lo puso a cargar y acompañó a su mamá a comprar un vestido. Por la noche fingió irse a dormir temprano, se recostó y estuvo muy quieta hasta que calculó que sus papás estaban dormidos, entonces encendió su teléfono.

Tenía dos mensajes del número desconocido. En el primero había los mismos cuatro emoticones de dulces y en el segundo, la frase: *eres linda*. Mariana respondió el mensaje con un emoticón sonrojado y preguntó: ¿quién eres?, esperó una respuesta, aunque no obtuvo nada. Luego mandó un mensaje a Mark y con él se puso a chatear. Ambos se burlaron de sus maestros, se tomaron fotos graciosas en pijama, hicieron planes para las vacaciones y hubieran seguido toda la madrugada de no ser porque a Mark se le agotó el crédito.

Al día siguiente, Mariana llegó desvelada pero contenta a la escuela. Lo que parecía ser un feliz último día del curso, se transformó en algo incómodo desde que notó a varias niñas viéndola con coraje. Cuando encontró a Mark, él no quiso hablarle. Mariana no entendía y fue otra amiga la que le explicó que él estaba así pues alguien había mandado un video de él en pijama con orejas de conejo y actuando como si se comiera un calcetín como zanahoria. El video se había distribuido en la escuela y ahora todos se burlaban. Mariana recordó el video de la noche anterior y buscó a Mark para explicarle que ella no lo había enviado, sin embargo, alguien más le demostró que la cadena de mensajes iniciaba desde su número.

El resto del día, lo pasó sola y confundida. La salida de clases fue la más triste, pues Mark ni siquiera se despidió de ella, sino que se fue con Oliva y otras tres niñas. Mariana llegó a su casa tan triste que cerró su puerta y lloró en su habitación. Con los ojos hinchados, tomó su teléfono y vio que tenía un mensaje del número desconocido, decía: *no estés triste, eres linda*. Mariana no quiso responder, buscó las fotografías y videos que se había tomado con Mark, pero ya no estaban. Revisó las carpetas vacías, todos esos videos y fotografías se habían borrado.

Intentó escuchar las grabaciones de despedida y sólo oyó ruidos raros, murmullos o sonidos rasposos que saturaban el micrófono. Mariana arrojó el teléfono a la cama y en ese momento recibió un mensaje: *te quiero, sé tu secreto y no le diré a nadie.* Mariana tomó el teléfono y preguntó: ¿cuál secreto? La respuesta fue: *hiciste trampa para sacar buenas calificaciones, conseguiste los exámenes... ;)*

Mariana sintió que su estómago se estiraba como cuando despegas en un avión, no fue capaz de responder, miró el teléfono y volvió a leer el mensaje; pensó en contarle a sus papás, aunque seguro le quitarían el teléfono, y sin él, pasaría las vacaciones más aburridas del mundo. Pensaba en eso cuando recibió otro mensaje. No fue capaz de ignorarlo y rápido leyó: *te mando un regalo, te vas a divertir.* Al instante recibió un archivo adjunto llamado: la piñata de cristal.

Sin embargo, no tuvo el ánimo de abrirlo en ese momento. Prefirió pasar la tarde fuera de casa, visitó a su abuela y más tarde acompañó a su mamá al supermercado. Juntas la pasaron bien. Con aquel paseo intentó distraerse, mas no podía dejar de pensar en la piñata de cristal. Más tarde, ella y su mamá fueron al parque, y aún ahí, en los juegos, no dejaba de preguntarse de qué se trataría eso. ¿Algo divertido? Recordaba el mensaje.

Su mamá quedó tan contenta con su compañía que le dio permiso de usar el teléfono. Mariana agradeció incómoda, caminó a su cuarto y una vez que estuvo frente al teléfono sintió un nerviosismo que nunca antes había sentido. Revisó sus fotos y escuchó una canción que interrumpió pronto, al fin decidió abrir el archivo que se instaló de inmediato. Se trataba de un juego básico de gráficas elementales de ocho bits. En el juego, ella era un fantasma que debía asustar a un niño que dormía en su habitación.

No parecía un juego muy complejo ni divertido. El niño era muy inquieto y no resultaba fácil asustarlo, tal vez por eso Mariana se propuso vencerlo y no descansó hasta lograrlo. A pesar de la sencillez, encontró en el proceso de acosarlo un gusto y se sintió bien cuando logró hacerlo llorar. Superar ese primer nivel le dio puntos, y, además, un nuevo refuerzo para que su fantasma fuera más potente. En el siguiente nivel los gráficos mejoraban, se encontraba en una biblioteca y debía asustar a una anciana. Mariana se recostó en su cama y se dispuso a jugar, el número desconocido tenía razón, a pesar de lo simple resultaba muy divertido jugarlo.

A partir de ese momento, apenas se separó del teléfono. Al principio aprovechaba las distracciones de sus papás para jugar, pero pronto ya no le importaba jugar frente a ellos, lo que generaba discusiones. Para la primera semana había superado seis niveles. Los escenarios mejoraban, se hacían cada vez más realistas, también tenía la posibilidad de elegir otros monstruos, aunque ella seguía jugando con su fantasma que se había fortalecido y ya era más una entidad oscura e inquietante.

En esos días, no recibió mensajes del número desconocido. Siguió obsesionada cada vez más con el juego. El nivel siete se desarrollaba en una tienda departamental donde debía asustar al vigilante nocturno. Era el más divertido que había jugado, perseguirlo por el área de ropa, las cocinas, salas, y su favorito: las escaleras eléctricas. Mariana había aprendido que disfrutaba más el proceso previo a espantar. La preparación, la estrategia y la anticipación le resultaban más estimulantes que el instante mismo del susto. Además, descubrió que si hacía sufrir a sus víctimas por tiempos prolongados, obtenía muchos más puntos.

Una mañana despertó con un mensaje de Mark. En él, pedía perdón por haber sido tan grosero, le confesaba que la extrañaba y deseaba verla, platicar como antes y bromear. Pero Mariana no respondió ese mensaje, lo borró de inmediato, eliminó a Mark de sus contactos y se dispuso a jugar. Había pasado a un nuevo nivel, un cementerio donde además podía luchar contra otros espíritus.

Dos días después Mark fue a buscarla, pero ella lo ignoró y ni siquiera quiso recibirlo, su actitud grosera provocó la furia de su mamá, que le arrebató el teléfono y la regañó. Mariana prometió vengarse si no le devolvía el celular, pero la mamá se mantuvo firme y la mandó a su habitación. Ahí se pasó encerrada unos minutos que le parecieron años. Sin el celular se sentía vacía, sus manos temblaban y respiraba con agitación. Estaba tan cerca de superar el nivel del cementerio que podía ser el último nivel. Odiaba a su mamá por impedirle jugar.

Pero el castigo se mantuvo por días, la mamá la obligó a hacer otras cosas. Ella obedeció sin decir palabra porque sabía que eventualmente volvería a tener al celular entre sus manos. Entre las actividades que le impusieron, debió acompañar a su mamá a una tienda departamental. Mientras ella buscaba una licuadora, Mariana se perdió intencionalmente y entonces se dio cuenta de que reconocía los espacios a pesar de que nunca antes había pisado ese lugar. Era como si lo hubiera visitado en sueños, la invadía una sensación extraña. Hasta que entendió que ese lugar lo había conocido en su juego, por eso reconocía los espacios. Estaba sorprendida cuando vio al cuidador que había asustado en el juego.

Tardó, pero al final se armó de valor para acercarse. Una vez que estuvo a su lado, se atrevió a preguntarle si era cierto que en esa tienda espantaban, él la vio extrañado y sorprendido.

—¿Cómo lo sabes? —le preguntó.

Mariana no respondió y se fue corriendo a buscar a su mamá. Más tarde, mientras iba camino a su casa no pudo quitarse la idea de que cuando espantaba a alguien en el juego, esa persona también era espantada en el mundo real. Eso le daba miedo, pero al mismo tiempo le fascinaba.

Para que le dejaran usar el teléfono, se portó de forma ejemplar. Lavó trastes, tendió camas y ayudó a cocinar, apenas la podían reconocer sus papás; se volvió tan educada que le devolvieron el teléfono, por dos horas al día. Mariana ocupó ese tiempo como una profesional, superó el nivel ocho y llegó al nueve que consistía en espantar a los ancianos en un asilo. Logró superarlo rápidamente y al pasar ese nivel, supuso que habría terminado el juego porque la aplicación se apagó y se reinició. El teléfono antes de seguir le hizo una pregunta: ¿deseas añadir a tus contactos al juego la piñata de cristal?

Aceptó y al comenzar la nueva etapa, descubrió que tenía la posibilidad de asustar a sus propios contactos. Probó con Oliva y la encontró dormida. Reconoció su habitación y le sorprendió la nitidez de las gráficas, parecía un video. Decidió acercarse y usar uno de sus trucos favoritos: se metió a un muñeco de peluche con el que Oliva dormía, iba a modificarle el rostro cuando su mamá gritó advirtiéndole del abuso del tiempo, lo que la sacó de concentración. Mariana se enojó y cambió de estrategia, abandonó al muñeco y se escondió detrás de un espejo, estaba por saltar cuando nuevamente su mamá le pidió que apagara el teléfono.

Entonces Mariana fue a sus contactos y eligió: mamá. En el juego, apareció en el cuarto de sus papás. Su mamá leía una revista, su fantasma se deslizó sigiloso para no hacerse notar hasta posarse encima de su mamá. Con una sonrisa perversa, de pronto se dejó caer. Los gritos de su mamá provenían tanto del juego como de la habitación contigua. Mariana mantuvo al fantasma pegado a su mamá que luchaba por zafarse. Reía satisfecha hasta que decidió retirarse del cuerpo de su mamá, mientras ésta permanecía tirada, Mariana recibió un montón de puntos que la subieron de nivel. Ese nuevo nivel inició con otra pregunta:

*¿Te gustaría compartir el juego, La piñata de cristal, con tus contactos?*

Mariana sonrió, aceptó, y mientras se cargaba la actualización, ella se recostó en su cama, acomodó sus almohadas y cerró las cortinas. Sabía que su mamá no la molestaría y de su papá se podría encargar luego, pues tenía el teléfono celular de su trabajo. A partir de ese momento tendría muchísimo tiempo sin que nadie la molestara, era hora de jugar a la piñata de cristal.

LA LUZ DEL DÍA HABÍA ENTRADO DE LLENO. La claridad había provocado que las sombras huyeran para esconderse otra vez. La noche parecía de nuevo muy lejana. Los juguetes miraban al centro, hacia un punto indefinido, sin ver a nadie pues ahí no estaba Ofelia.

El silencio prevalecía en la habitación. El espacio sin ella lucía extraño, como un museo abandonado. Nada se movía. La luz del día iluminaba los espacios que normalmente permanecían ocultos. Así se podía ver el nuevo diario abierto en una página doble: en la primera hoja estaba dibujada la tortuga fantasma

y Ofelia en su habitación de siempre, cerca de
la puerta. En la segunda hoja, el dibujo de ambas
era en otro espacio muy diferente, no se trataba
de un lugar conocido, era algo distinto. Juntas, de
espaldas, las dos parecían caminar hacia un lugar
nuevo, un punto desconocido.

Comparte tus historias
y lo que piensas de mi libro
en la página de Facebook:

f /LOSCUENTOSNEGROSdeOFELiA

# OTROS TÍTULOS DE URANITO
# QUE NO TE PUEDES PERDER

*Maldito.*
Autor: Héctor Del Valle.
Ilustraciones: Anabel López.

*Pinceles de iguana calva.*
Autor: Gibrán Peña Bonales.
Ilustraciones: Vania Lecuona.

*El misterioso aire azul.*
Autora: Pamela Pulido.
Ilustración: Pepe Ávalos.

*Cuentos por estaturas.*
Autor: Jorge A. Estrada.
Ilustraciones: Dani Sharf.

Colección *Switch*. Autor: Ali Sparkes. Ilustraciones: Ross Collins.

Problema de Grillos

Locura de Moscas

Estampida de Arañas

Ataque de Hormigas